亮

春

严阵 著

作家出版社

当你升起的时候　我的梦是圆的

目录

春

好好地捧着
我怕把你打碎

当你升起的时候
我的梦是圆的

没有那细细的回眸
没有那弯弯的沉落

当你升起的时候
我的梦是圆的

永远的沉默
含着两眼清泪

好好地捧着
我怕把你打碎

瓷月亮

春风

春风轻轻抚摸着

所有从冬的沃土中

刚刚萌出的

面部

悄悄地

悄悄地

悄悄地

问道

你准备开

几朵

花呢

为什么不

花瓶空空的
春色
已经
干涸

为什么不

一缕
棕红的
旋律

一缕棕红的

旋律

在你的面部

拂动

春在灰色的

原野

拉动着

装满雨点的

箱子

我们早就说过

闭上眼睛

倾听

远方那

水晶般的

走近

然后默默地

去寻找

那种

没有界限的

效果

我真的有点喜欢
真的有点喜欢
金华的
雨了

蓝色的
娇小的
雨

倾国
倾城

能告诉我吗
你的
芳龄

回答却是
却是一片
美丽的
迷蒙

二月

这是特别的
时刻
是特别富有的
时光
杯子空空的
却又是满满的
满满的
储藏
品一杯春色吧
那是
雪的
佳酿

那是一杯粉红
一杯浅绿
一杯嫩黄
那是一杯风姿
一杯丽质
一杯
神往

你有一种半是梦境
半是醒来的
那种美

虽然没有蝴蝶
没有燕子
但在远方
密密的树枝的
网络
后面
我仍能看到
你谜一样的微笑
正藏在你
面容的
最深处

花事

白的开了
　白的
　还是
　白的

红的落了
　红的
　还是
　红的

荒野里全是
飘落的
四月

没有目光
注视的
芬香

一腔没有
山影的
流水

在枯萎中
平静地
远去

荒野里全是飘落的四月

当春风
吹过炫目的
惜别

当春风吹过

炫目的

惜别

当世界挂上了

它的

电话

你会看到

梨花已经落满

你门前的

石阶

了吗

水墨在诗境上

浸润着

梦幻般地

漫延于

心际

不要在我的陶盆里

插花

我要栽

雨的

神奇

等待

一场风
把春天刮走了
我却
还在
等待

等待杏花
等待梨花
等待
满园
盛开

黑领结

气势磅礴的
黑领结
结在
春雨的
边沿

哦，你来了
我们已
好久
不见

雪在哪里
只有冰河
在长筒袜里
隐隐
可见

为什么不肯透露
你真正的你
春雨蒙蒙的远方
是一层
绿雾中的
似水
流年

有一个青铜器

有一个青铜器
藏在我的
心灵
深处

请不要挖掘
这里
拒绝
拥有

因为有些花
依然在
无人辨识的
深沉里
盛开

不要把甜品

放在

白色的

盘子里

告别

冬季

我们寻求的

是雪

是雪里的

那种涩味的

春意

半杯艳红

半杯艳红
半杯从低垂的
眼帘下
溢出的
深远

窗外是梨花的
轻风
构筑的
云烟
深深的静止中
又有谁知
时光正在
不停地
洗牌

永远的
只有月色
月色
满阶

雨仿佛一直在落

雨仿佛
仿佛一直在落
粉色的初春
在妙龄的雨中
渐渐
模糊

我不知道
我几乎不知道
我的
房屋
只见到笔筒里
叶芽
簇簇

在花盆里
种上一片蓝云

在花盆里种上

一片

蓝云

我等待着

雨珠的

蓓蕾

所有的夜色
都是我的

我将收尽
满地
妩媚

由三更灯火
五更鸡鸣
再来相依
相随

外星人的手

一首老歌
从新的音箱里
流出

一只外星人的手
闪耀着
日影

白玉兰
在窗前的雨中
默默投下
隋唐
遗韵

一只外星人的手
招展着
风的
旅程

把面膜揭去的时候

把面膜
揭去的
时候

窗前
落梅
如雪

已经
错过了
季节的
数码

红地毯上
已是一犁
深深的
春雨

时间

又一次开花
又一次
落花

可我一直
一直在那个
老地方
等你

等你
长大

又一次落花
又一次
开花

不能再等些日子吗
我痛惜那
美丽的
盛开

不要擦掉鞋上的
泥土
因为它有
昨夜的
春雨

小窗已生满了
皱纹
不要再
将它
打开

不能再看远山
它那
凄清的
美丽

笑是什么

笑是什么
你一直在笑
却又忽然
轻声
问我

我真的答不出
什么是笑
只知道
由前流过的
是永远沉默的
江水

笑是什么

风啊

风啊
请把
杜鹃的啼声
送到
十二
层楼

我的窗子
已经打开
已经
打开
很久

我的月色
月色
依旧

而空空的
酒杯里
却早已注满
早已注满
我那
浓浓的
等候

今天需要带伞吗

今天需要带伞吗
阳光和雨
都在
前方
等待

可是时光已倒流
倒流到
昨天
昨天是个
多风的
日子

没有一天不见到
中国
时装的
容颜

手上举着的神像
蜂蝶
翩翩

为什么不能控制
欲望的
肥胖
而让真情
泛滥

在精彩的世界的
末端
有一条小路
通向灵魂的
毫无物象的
空间

那里有一个
不可思议的
关于自己的
画展

什么也没有

沉默的江岸上

沉默了多年的
江岸上

风花雪月
已经开了
几回

那笑容似乎
很潮湿

守望着
那丛

开黄花的
清梦

你喜欢
喝什么

是将岁月融含其中的
深琥珀色
还是三月
桃花的艳红

沉思组合
玻璃杯边上
插着旧时的
柠檬

你喜欢
喝点什么

不知道为什么
流水匆匆
匆匆流水
总是坐在我的对面
敞开时尚的
衣领

二月

二月是个
感伤的
月份

无可奈何的
萌发

无可奈何的
淡黄

无可奈何的
粉红

无可奈何的
灿烂而又
忧郁的
告别

害怕结出
青青的
幼果

步上
成熟的
星期一

一种在空气中流动的水

一种
在空气中
流动
的水

被月光
感触

将淡淡的诗句
和淡淡的
色彩
在调色板上
调试出那种
淡淡的
模糊

不要试图说明什么
因为永远也
说不
明白

我们在空气中
游动
沏上一壶
黄山
云雾

笑和呻吟

庄严的
困惑
美丽的
封闭

笑和呻吟
为什么
总在
一起

不要回
办公室去
那里的船
在沉重之轻中
渐渐
沉没

轻轻
轻轻擦过
我的
面颊

微笑着
回眸

不要认识我
不要
认识我

轻轻
轻轻擦过
我的
面颊
然后永远
永远
不再

春雪

什么时候
花
才能开呢

什么时候
花才能开呢

红墙下的
玉兰开了
可是它还
没开
绿潭边的
樱花
开了
可是它还
没开

喝一杯苦茶吧
品一品
那浓浓的
涩味里
第一场带绿芽的
春雨的
气息

什么时候
花才能开呢

残阳

你的笑容
已是
一个
故事

满路
芬芳的
泥泞

遥远的
朦胧的
花季

春水
漫过
池塘

而此刻
依偎肩际的

却是
半轮
残阳

一片
金黄色的
寂静

一片
金黄色的
寂静

在远山的
轮廓上
延伸

离开了春天
才开始感觉到
荒凉的
美丽

那种生命的
原色
那种
原色
的美

令我们去寻找
去寻找
放逐

你
冷
吗

富有诗意的
线条
从你的
飘柔的
亮点上
垂落

当心细瓷
塑出的
微笑
被默默的
落霞
碰碎

不要再加什么
也不要
再减

我的地址
在那棵
刚刚出土的
草叶
上面

粉红色的
酒里

粉红色的
酒里
有很多话要
说吗

月亮专注的
神情
在纱巾上
凋谢

草色青青的
长满了
许多
叶子

一杯浓浓的
脂粉
在远山的
那片叶子上
初逢

窗外是
古都的
影子
那沉重的
赭红

古琴不再弹奏
笑声濡湿了
苍凉的
琴弦

茶的味道深深的
我又看到了
我的
呼唤

画廊

永远都落着雨
我不再
找你

春花落满
门前的
台阶

洁白的
瓷瓶里的云
依然如
春天那般
凝固

没有人
走向
远方

我只是一直
一直在读着
那片溶溶逝去
又总是
无法逝去的
春水

摆满了化妆品的风景

摆满了化妆品的
风景
在所有的街道上
旋转着

我为什么
认出了你
风吹得
是那样地
轻轻

云需要去皱吗
天空是否
也要
美白

但暮色里的
许多脚印
却永远沉落在
闪光的
黑暗里

你的微笑
把我淋湿

你的微笑

把我淋湿

浓绿是一个

倒影

白色的丁香花下

盛开着

四月的

清风

不要让夏天

来得太早

那壶茶

仍在

等待

等待着蝴蝶

洛卜的时候

把余韵

一饮

而尽

不要告诉别人
那棵
紫丁香

不要告诉别人
那棵
白丁香

不要告诉别人
那场
春天的
雨

不要告诉别人
我的UFO
和我的
落日的
颜色

杨花再次飘落

杨花再次飘落
我再也无法看到
那些
美丽的
禁忌

杨花再次飘落
再次
遮住
远山

再次遮住那个
没有挥手
没有回眸的
瞬间

杨花
再次
飘落

纸蝴蝶
停在一丛
干玫瑰上

晚会在那份
杂志上
开始

染过的头发
是四月的
原野

你是否同意摘下
那些成熟的
年龄

从此不再
不再
飞去

那一片丁香雨

那一片丁香雨
那一片朦胧模糊的
荒无人烟
之美

淡淡的紫色的雾
淡淡的
丁香花颜色
的伞

淡淡的
如烟的
往事

你的呼吸里
有一种缥缈

你的呼吸里
有一种缥缈

有一种缥缈的
浅蓝色的
残宵

静静地看着
看着这个
即将开花的
世界

不要让车轮
碾过那片
寒夜

当臂弯里挽着的
缭乱落下
风便在你的
低垂中
凝固

不再有

不再有那片
模糊的
风月

和淡淡的
烟花中的
绿色的
莺啼

凝望着缤纷的
红袖
只有春风
依旧

新漆过的
门楣下
只有燕子

燕子在
年年
守候

风铃

我一直等待着
等待着你的那片
月白
风清

记住不要
不要太重
只要
轻轻

轻轻地
摇撼

我便会盛开
盛开满树
你的
旋律

烛光里车流缓缓驶过

烛光里车流

缓缓

驶过

古城上滴落着

橘色的

黄昏

咖啡杯里

越来越浓的

是夜的

色调

月色镶嵌的

候车亭下

已经

整容

留下的是一团

淡淡的

青青的

透明

落照里的宫殿的影子

落照里的
宫殿的
影子

在你的
眸子里
沉淀

不知道
到哪里去
酒楼
灯火
灿烂

染上唇影的
暮色
在巷口
蔓延

只要没有雨
便不会有
美丽的
雨伞

招摇地
留下
一路粉红

招摇地留下
一路
粉红

你是谁

天也青青
海也青青

你是谁

招摇地留下
一路
粉红

一团幻紫
从夜的上方
滑落

灯光柔和的
檐下

有春雨
滴落的
美丽

有无数叶芽

有无数叶芽
在洞箫的幽韵中
生出

祈祷无法投递
黑色和
白色

河床里是
我的
思绪

平静地
交织着
泛滥

前面是无声的
奢华的
暮色

拥吻着每一个
角落的
青盼

风在我的发丝间泛滥

风在我的
发丝间
泛滥

尊贵的
庸俗的
天气

没有人知道
那个一直
站着的
是谁

星星还是
原来的
星星

竹声碧绿

竹声碧绿
碧绿
拂过我的
撒哈拉
沙漠

有那么一些时候
我感到
它染绿了
我的每一颗
沉默的
沙粒

竹声碧绿

白云下
是小城的风景

白云下
是小城的
风景

乳白色的日出
乳白色的石屋
乳白色的
琴声的
建筑

闭上眼睛望着
望着那道
堆叠得
乱山般的
乳白色的
日子

远距离地望着
远距离地
望着我

满目秋光里
我也许仍是那只
乳白色的
孤鹤

古城穿着
露背的
晚装

古城穿着
露背的
晚装

在名牌的
灯火中
沉思

一切都
来去无踪
消匿又
出现

夜深处逶迤着
古城墙的
冷默

春风已不再弹奏
留下脚印的
朝朝
暮暮

把红舞鞋
脱下来
寻找十二星座的
那些
古城

疯子依旧在
酒馆里
泪流满面地
唱着

石头砌成的画幅
在夜光下
瑰丽
无比

不要说那些
有五个口袋的
容颜

我想他们
仍然记得
那些已经生锈的
他们父辈的
名字

本月星座

潇潇细雨过后
本月星座
已经
松弛

一杯柠檬水
把失去情感的
日子
染上
月色的
凄迷

面部的色彩
已重新
解构

你也许感觉不到
这正是梦中
手挽手的
那个
冬季

我已在远方
那不是我

不再有近距离的
握手

不再有那些
听春雨的
日子

两叶一芽的
山峰
在地平线的
远方

不要说同龄人
没有你那么
年轻

云永远生活在
没有纪年的
岁月

我们堆着沙塔

我们堆着沙塔
展示每一粒
沙子的
广阔

养蜂人在天的
那一边
云层守望着
收割后的
困惑

不要去选择什么
不要去
因为命运
每一分钟
都在
选择你

你喜欢什么颜色的握手

你喜欢
什么颜色的握手
丽人下午茶
等待着有星光的
白昼

熙熙攘攘的菜单
在琉璃瓦搭建的
笑容里
闪耀

繁花泛滥在
你宽边遮阳帽的
每一个
贵族里

我不再认识那些
熟悉的东西

当人们的手掌上
有市场的
时候

发芽的古都

发芽的古都
神色
迷离

黄昏
我吻着你
浓妆过的
垂落

早晨
我挽着你
橄榄绿的
升起

发芽的古都
神色
迷离

跳着一曲接着一曲

一曲接着一曲
跳着
南半球很快
天昏
地暗

在太太口服液后排
坐着的
是街口那片
浪漫的
粉蓝

T恤上的中国字
有一种美食的
味道

春天太多
却又显得
那么
不够

重回山中

重回山中
重回
山中

那片绿
已经
苍老

只有那弯
旧时的
小月

依旧在溪水的
斜肩裙里
碎碎地
立着

背你总是一只大包

你总是背一只大包
沉甸甸的
春季

感觉在原上发绿
拂动着
正在发芽的
魅力

充满憧憬的地带
在调试着
遥远的
斑斓

黑和白在寸寸缩小
雨正触摸着
花树的顶端

你总是背一只大包
沉甸甸的
春季

茶馆里
没有春雨

茶馆里没有春雨
没有远山
青青

没有江水
从窗下流过
没有泥土的那种
刚刚被犁过的
妩媚

我记得听雨的日子
我记得赏云的日子
可是层楼的影子
却一直覆盖着
有玉簪花开放的
良宵

干涸的夜里
一直飘浮着的
是只剩下
几根圆柱的
帕特农
神庙

深深的浅浅的绿
远处春山一弧
浓浓的开花的气息
流过河的孤独

雪已不见踪迹
衣领上那片
美丽的银色
却依旧在原地
楚楚

路也不见踪迹
伞上那缕粉色的模糊
却依旧在远方
飘浮

深深的浅浅的绿
远处春山一弧
浓浓的开花的气息
流过河的孤独

站在梧桐树下

站在梧桐树下
让绿荫
落满
双肩
记住面前
所有的
匆匆
都必须从跷起的
大拇指上
越过

一个巨大的
白色广告牌下

一个巨大的
白色广告牌下
永远有一场
潇潇春雨

前面是右转弯
雨一直送你到
楼层的
深处

雨从广告牌上
裸露着滴落
超乎想象地画出
原始的纹络

我不知道
到了深秋
它是否会像一棵
北方的柿子树那样
擎出满枝
橙红色的
梦的
绝唱

美丽是不打领带的

美丽是不打领带的

解开颈下的

纽扣

可以笑得

更灵感

城市中心的土地

价格

昂贵

我们为什么

不把我们的岁月

建在

郊外

你梦见我了吗

为什么雨

一直

落着

我忽然听说

念《圣经》的那个人

已经

失去

知觉

一杯洞庭碧螺春
清清的
绿绿的
把窗外姑苏的
影子
都收入
其中了

曾是细雨
曾有细雨
一路
相随
消失于
石板铺成的
梦境

又从梦境中
走出
看着春的叶芽
在杯中
袅袅
纤纤
送来微微含笑的
江南的
眸子

一杯洞庭碧螺春

黑底白字的风

黑底白字的风
在古筝
颤动的
弦上

浓绿的
笑容
从指尖上
滴落

没有价格的春色
在压得斜斜的枝头
挑着
一片
蓓蕾

假如面前没有时间
你会不会有一种
绿绿的
红红的
感觉

突然醒来
清晰而
遥远

把夜的集装箱
重新
装过

只是不要
不要折起
我五月的
梦境

依然是那段
悄悄
可是夜雨
已止

花上是否有
那些
雨珠

还在额前的
发丝间
垂拂

我用钟声追赶你

我用钟声
追赶你
悠悠地
在深夜

蓝色的鸟
栖息在
我追踪拍摄的
情绪里

当红色的风
从面前吹过
我绿色的枝头
将会裸露着
摇晃

没有人能够原谅
我的错误
我为什么不放飞
我的孤独

深夜听洞箫
如春雨般
滴落

我于是在灯下
彻夜
不归

蓝色的鸟

把自己
留给自己

把自己

留给自己

不要送微笑

让篮子里

盛满阳光

盛满早晨

盛满从高空

飘落的

鸟声

当有人从红色里

穿过

当有人从绿色里

穿过

当有人从紫色里

穿过

请你守住

你的淡蓝

守住你的那片

天空和海的

原色

把可口可乐倒进杯子

把可口可乐

倒进杯子

春天过去了

泡沫

相继消失

空空的瓶子里

只剩下几声

莺啼

凝望着一窗

浓绿的雷雨

谁曾在此

远去

没有一把伞相送

只有古寺的

钟声

把可口可乐

倒进

杯子

我啜饮着

远去的

熄灭

我花瓶里的水

我花瓶里的水
一直在等待
等待你的
那枝
梦境

如细雨
稍稍
停歇

一抹
绿草上的
微笑

嘴唇润润的
厚厚的

你不懂得遥远
遥远
也是一种
给予

瓷片

瓷片上
蓝蓝的几枝
那是
我的
碎片

捡起它吧
把它镶进
白金卡的戒指上
作为
一道
风景

我在你笑容的下游

我在你笑容的
下游

伫立着
等待着

桨声划破
岁月的
浓绿

你笑容里

你笑容里
　那些
　柔软的
　枝条

挂着几个
毛茸茸的
　良宵

隐隐地

在水里颤动着

让我

注视

终生

水
月

花

风
吹过
残冬

把哀愁
洒落
满地

你的那些月亮

全在我

笔筒里

插着

橹声远去

橹声远去

江上只剩下
　　　山的
　　　影子

　　　和我
　　如烟的
　　　往事

橹声远去

在早晨的寂静中
流过夜晚

我的手指上
还残留着
咸咸的
月色

今天
我将张开双臂
把风
拥个
满怀

让肩头
重重的
孤独
柔软地
垂落在
胸前

在早晨的寂静中
流过
夜晚

在早晨
的
寂静中

微笑的翅膀扇动着

微笑的翅膀
扇动着
它将在哪儿
降落

唇上红红的
纹络
在露水里
生长

注视着所有的
城市
和所有的
特洛伊
木马

所有的星座
都变成
绿色

微笑的翅膀
扇动着

鸟声从枝头
偶尔
坠落

落到池塘里
轻轻
扩展

那是谁的影子
走过
冬季

把一座城
丢在
枯萎的
草岸

一条溪流

一条溪流
在我沙漠的边沿
流过

朦胧的
橘黄的投影
在我的手指间
流淌

为什么
你要去
要去那么
遥远

跨过
灿烂的季节

我沿路
挥洒
思念

淡淡的
朦胧的
我无法喊住我

无法喊住
我的
温柔

目光中的应答
深深的
像一只橹那样

摇荡着滑过
我的
肌肤

淡淡的
朦胧的

我奢侈地享有着

我奢侈地享有着
爱抚过我的
那把伞边沿的
那些
春雨

能留一会儿吗
匆匆地
妩媚
回眸和
远去

我到哪里找你呢
瞬间的聚首
和永不再见的
离别

我奢侈地享有着
爱抚过我的
那把伞边沿的
那些
春雨

你搬走了
我沉甸甸的
岁月

我的山峰
开始
发绿

杯里是你为我
斟下
的茶

斟下了
所有的
春季

有开花的
日子吗
我问
日历

窗外
是一些梦影
瞬间
远去

不在夜半

不在夜半
人不断地
在楼梯上
上上
下下

始终隔着
一张桌面

远远地
有一条清江
蜿蜒着

从生命中
缓缓
流过

瘦弱的风
摇着丁香花上
的雨

我不能轻易地
去吻夏天

我不能轻易地
去吻秋天

只因为我
我已经把我
给了春天
给了春天
深夜的那声
杜鹃的
悲啼
只因为我
我已经把我
给了冬天
给了冬天
雪后的那缕
古寺的
钟声

把空气打扮起来

把空气打扮起来
涂上
脂粉

蔑视那些
所有呼吸着的
神圣

和那些
干枯的嘴唇里
灯火辉煌的
夜晚

我的忧郁
盛开着

山径上
一片
淡紫

请默默走过
然后
悄悄
回首

我的忧郁
盛开着

什么时候

什么时候
再坐到
我的
面前

让我欣赏
我的
远山

什么时候
再把我的
茶杯
斟满

让我品味
我的
尘缘

昨天晚上
我失眠
那杯咖啡
太深
太深

满街灯火灿烂
满街灯火灿烂
点亮了我
朦胧的
残春

云在碗底飘荡着

云在碗底飘荡着
黑色的大衣
和总是很重的
手提包

我们面对面坐着
中间只有一个
空气组成的
小岛

不知道向哪里去
迷蒙如
一湖
春水

看不尽的雨
看不尽的
云的
妩媚

我在第五媒体里

我在第五媒体里

看到你的

第六感觉

在风中

招展

布谷鸟

在我书房的云层里

盘旋着

暮钟

色彩

鲜艳

喝一口吧

这是用莲芯

泡的茶

清苦而又

澹淡

那里有我

许多彩色的

水梦

和一些

碧绿碧绿的

画卷

碧绿的微笑在荷塘里

碧绿的微笑

在荷塘里

寻找

那团

粉红

自由地融合着

妙龄的

雨滴

来自衰老的

天空

请听我烟水的

梦幻

绘出的

丰满的

扭动

有一扇门

正在打开

把缥缈的

暮色

远迎

那片瓦上
有风雨吗
二月
已老

三月刚刚
抽出新芽
垂下
缥缈

衣袖上
还有那时的
风的
影子

可是
你知道你
欠下了我
多少
月光吗

我们面对面坐着

我们面对面坐着
我的对面是我

你是我吗
那微笑
那烟柳
那星空

还有堆积如山的
岁月
如干草般地散发着
往事的
迷蒙

你是我吗
一切都没有皱纹
也没有那么多的
雨打芭蕉
二泉映月
我们面对面坐着
我的对面是我

没有诗的日子
天空是
一块
紫玉

风从岸边吹来
在我的
波浪里
泊着

所有的辉煌
所有的熄灭
都在潇潇的雨中
淡出

没有诗的日子

到处都停着车

到处都停着车
到处都停着车
　　　芳草
　　　芳草

山那边是什么地方
水那边是什么地方
　　　钟声
　　　缥缈

再也没有那种感觉
再也没有那种感觉
　　　苍茫
　　　晚照

到处都停着车
到处都停着车
到处都停着车

船头一篮
青青的
春雨

一篮青青的
二月
的梦

飞鸟的翅膀上
滴落着
浓重的
天色

细浪幻出
水的
姿容

我们还要
到何处去
我们还要
到何处去

春天已经嫁给了别人

春天已经
嫁给了
别人

只留下几声
杜鹃的
悲啼

小窗口不再有
朦胧的
灯影

不再有落满雨声的
那个
年纪

船桨搅动着
划过
整个
冬季

却依旧没有划出
春山的
那片
影子

解开吉他的
纽扣
弹奏垂落的
思念

我的大街静悄悄地
亮着
红灯
一串

我为什么要告诉你

你在等谁
我为什么
要告诉你

春风已吹过
所有的街道
空气里有一片
微笑的幽蓝

大幅广告的心脏
在跳动着

新月千百度
把双手插在
牛仔裤里
斜倚着站台的
栏杆

一辆一辆车过去了
过去了
我为什么要告诉你
我在等谁

有一种风
你感觉
不到

它常常吹过
你的
心底

我的竖琴
在等待着
你能够
融化雪的
那个
年纪

不再说春水的
皱褶
太柔
太密

我只有你的
那束月光
留在
眉际

白玉兰已经爆开了花蕾

白玉兰已经
爆开了
花蕾

雪结满了
早春的
枝头

街道
静静地
陷入一种
梦境
之美

因为没有
任何时尚
从上面
走过

春季正在冷却
包裹着三月的糖纸
已被暴雨剥落

我并不在乎
别人的眼睛
怎么看我

有樱桃在枝头显露
一首情歌
谁去采摘

我并不在乎
别人的眼睛
怎么看我

旅馆总是那样
微笑着
橱窗里全是
假货

我不在乎
别人的眼睛
怎么看我

紧身旗袍里
裹着二月

紧身旗袍里
裹着
二月

裹着刚刚
发芽的
日子

那一边的乡下
有许多
雨吗

我怕过早地
看到
花苞

绿已不是坐在自行车后座上

绿已不是

坐在自行车后座上

偷偷含笑的

那些日子

而是由疯狂后的

墨色水晶

正在建造的

那个

季节

绿灯戴上了口罩

没有融化的雪

堆在珠穆朗玛峰

彬彬有礼的

暮色里

我们该回去了

回到我们来时的

那种

淡淡

已是暮春时候

已是暮春时候
雨中
有思念在
啼鸣

槐花开了满树
静静地
垂落着
远钟

不要修补
那些
残墙

那些默默涌流
过来的香气
正是不可多得的
极品

昨夜
在梦的
边沿

有雷雨
留下的
辙印

春天
已经
成熟

红红地
结满
枝头

没有花的春天

这个没有花的
春天
阴雨
太多

因你而有的
许多
梦幻

都在
晒衣杆上
晾着

春将沉落
一个绿色的
圆圆的
影子

一群鸽子
从城市上空
缓缓
飞过

那首最流行的
歌曲
已经洒落在
粉色的
记忆里

金棕
紫褐
和墨绿的
驼铃声

已被
沙漠
湮没

暮春时节

暮春时节的
薄暮里
你脸上只有
一片
模糊的
远山

只有那个
初雪的
日子
还在那串
珍珠项链上
闪烁着
开花的
心绪

把春天包在荷叶里
青青地
送别

用中文拼音
抒写一朵
已经落过雨的
云彩

请不要说话

请不要说话

在苍茫的春雨中
我正在耕耘
我的一望无际的
感觉

请不要说话

我看到你

正用手指轻轻梳理

你的那些

迷人的

微笑

但不知道

今夜你将选择

什么样的阳光

作为你的

梦中的

头饰

把案头
每一个盛满
色彩的小瓷瓶

把案头每一个盛满色彩的

小瓷瓶

每天都

注满了水

不要干了我的春季

不要干了我的夏季

不要干了我的秋季

不要干了我的冬季

假如人生
有第二次
开始

请张开你
所有
的帆

第二次开始

青花
春江
烟雨

青青的

蓝蓝的

那是春江的

烟雨吗

蓝蓝的

青青的

那是烟雨的

春江吗

于是我想起了

唐诗宋词

和那些

草长莺飞的

日子

于是我想起了

苏州杭州

和那些

轻柔婉约的

细语

当所有的宫殿

都荒芜之后

她还在一个

遥远的梦境中间

看着今日的

世界

烛光下的裸女

女神的幻觉

光滴漏着
是早晨的
早晨

青花瓷瓶上的
釉色
已被涛音
染满

我在什么地方
见到过你
你蓦然
再现

为什么不坐下
喝一杯呢
在你即将
离去的
瞬间

自从离开之后
我再也没有回来
再也没有回来
再也没有回来

每天每天
每年每年
只有母亲倚在门边
守望着天涯的落日
和消失在落日中的
那条小路

我童年的画
门上的那些太阳月亮
星辰和有眼睛的云
已在无数场风雨中
剥落

等到我终于回来
我终于回来
我在这里找到的
只有在厚厚的岁月
掩埋下的
一个模糊的
梦境

三更灯火 五更鸡

岁月的轮子旋转着
树上结满
太阳和月亮
我走过的脚印里
都有母亲的
眼睛

那粗瓷大碗
那窗口彻夜不眠的
灯火
那为我留着一碗粥的
红泥陶罐
那失落的草帽
都在我走过的三更灯火
和五更的
鸡鸣声中
浮现着

永远地
永远地
浮现着

纽约
我曾在雨中
和你吻别

那是个很早的
早晨
我不会忘记
你的那些
温柔的
雨点

你用你的红灯
挽留我
可是
我还
要走

于是你把你的
那片灿烂
永远地留在
我的
背后

纽约
我曾在雨中
和你吻别

春江花月夜

一曲春江
有多少
青青的
蓝蓝的
颜色

一曲春江
有多少
红红的
绿绿的
故事

1 3 5

一滴春雨的颜色

有那么多的绿
有那么多的红
这就是
一滴春雨的
颜色

有那么多的蓝
有那么多的紫
这就是
一滴春雨的
颜色

当雨点落在
你脸上的时候
你能听到
它的问候吗

当雨点落在
你肩上的时候
你能听到
它的叮嘱吗

睡梦中的维纳斯

不再塑造

不再虚构

只有睡梦中的维纳斯

才回归为

一个

女人

一个有幻想

有性感

有生命的

女人

这才是

维纳斯的

真实的

本我

开满庭院的
梦境

秋色
已染上肩脊
深深的
灵感

不是谁
都可以
应有
尽有

在开满庭院的
悲凄的
梦境中

堆砌着
你的月亮和
你的歌声的
碎片

镜子里的风景

镜子里的风景
是你
自己的
四季

镜子里的风景
是你
心灵的
宝藏

你听到冰河

解冻时的

那些既巨大

又轻微的

声音吗

那是你的

命运交响曲

要仔细倾听自己

什么季节

都有

命运交响曲

乡村的四月

乡村的四月
　永远是
　　芬芳的

田垄里
　流着
　　彩色

河水上
　流着
　　阳光

乡村的四月
　永远是
　　芬芳的

夕阳下的村庄

那些晚霞深深的
胡同里
有风姿绰约的
往事

金和绿交织着
只有泥土才有的
那种
芬芳

瞬间的闪亮和
熄灭中
有笛声在暮色中
飘浮

那是一代又一代人的
悲伤和
虚无

小河边的裸女

是暮春时候吗

可是血管里流的

已是

夏季

是谁打碎了
月亮

留下
满地
碎片

我将用它拼成
透光的
瓷瓶

盛满人世
迷人的
忘却

是谁
打碎了月亮

闲梦江南
梅熟日

梅子熟了

梅子熟了

江南啊

我知道你这时的雨

青青的

绿绿的

梅子熟了

梅子熟了

江南啊

我知道你这时的梦

酸酸的

涩涩的

图书在版编目（CIP）数据

瓷月亮. 春 / 严阵著. -- 北京：作家出版社，2022.10
ISBN 978-7-5212-1707-0

Ⅰ. ①瓷… Ⅱ. ①严… Ⅲ. ①诗集 – 中国 –当代
Ⅳ. ①I227

中国版本图书馆CIP数据核字（2021）第265844号

瓷月亮·春

作　　者：严　阵
责任编辑：杨兵兵
装帧设计：**奇文雲海 Chival IDEA**
出版发行：作家出版社有限公司
社　　址：北京农展馆南里10号　　　邮　　编：100125
电话传真：86-10-65067186（发行中心及邮购部）
　　　　　86-10-65004079（总编室）
E-mail:zuojia@zuojia.net.cn
http://www.zuojiachubanshe.com
印　　刷：北京盛通印刷股份有限公司
成品尺寸：120×185
字　　数：90千
印　　张：5
版　　次：2022年10月第1版
印　　次：2022年10月第1次印刷
ISBN　978-7-5212-1707-0
定　　价：128.00元（全四册）

瓷月亮 夏

严阵 著

作家出版社

当你升起的时候　我的梦是圆的

目录

夏

虽然圣殿

已经

坍塌

可是月色

依旧

月色依旧

抚爱着

那些曾经

美丽过的

断壁

残垣

和那些

已经陷落于

深深的

风雨皱纹中的

寂寂的

荒丘

虽然圣殿

已经

倒塌

可是月色

月色

依旧

流逝

无限期的
流逝
玫瑰已经
落了
满阶

胭脂色的
旅行
在布满外墙的
蔓延中
迷失

时常有
骆驼的铃声
在梦的远方
亮起

水在山后
又转了
回来
苔痕已长满
旧时的
守候

汽车一辆接着一辆驶过

汽车一辆接着一辆
驶过
灯火在远方
流动

夏夜的街头
人们在毕加索的
素描中
漫步

所有的藤蔓上
都结满了
裸露的
时尚

我们到哪里去
白的和黑的颜色
一直拥堵在
所有的
路口

目光成熟了

目光成熟了
爱成熟了
幸福和微笑
成熟了

把鲜花的
吉他声
挂满乡村
所有的
屋檐下

让每声美丽的
回答
在城市面部的
网络里
结满
芳香的
莲蓬

一种整体的
感觉
特别
富饶地
注视

金绿色的
麦浪
千里

不要冲印
那盒
胶片

只是在深秋的
老黄中
去幻出一圈
淡淡的
眼影

一种整体的感觉

夜是美丽的吗

夜是美丽的吗

拉得严严的
窗帘外面
是一场
把荷花的粉瓣
摇落满塘的
夜雨

红色的长发
在风里
盛开

红楼
在相视中
徘徊

不要开门
不要开门
开门之后
你只会看到
岁月的
堵塞

斟上一杯
法国酩悦香槟
品一品
波德莱尔的
吟唱

在不是美人的
美眸下
洗涤着
剩下的
夜光

酒廊里

酒廊里
灯火
辉煌

台面上坐着一些
空空的
香槟
酒杯

微笑穿着冬季
走过
夏夜

今夜
有钟声吗

琥珀色的玉镯

在手腕上

闪烁

四月在肌肤上

展现出

春雨的

浅绿

门的叮咚声

在思绪中

叩响

看不见

有谁

进来

只有微风接触的

那些不为人知的

角落

有云的

无声的

漂泊

那是谁
酿造的
月色

那是谁酿造的

月色

如此如此

清远

我一直凝望着

那片

水月

那片

江和山的

奇幻

水平如镜

山影

依然

唯有

山寺的

钟声

渐渐渐渐

渐渐

藕断

带颜色的雨
知道吗
你打湿了我

打湿了
我的天空

丝一样的
飘柔的雨
从我童年的
巷口
从卖丝线的
卷动的
木轮上
转动着

缠满了我
终生的
梦幻

你的生日在夏季

你的生日

在夏季

梦中的风景

是一棵树

一棵长满了

叶子的树

有许多擦肩而过的雨

在手机号码的

数字间

滴落

永远是

那个

电梯

在空空地

装载着

彩色组成的

遥遥无期的

笑容

雁声洒落南国

远处有几弧

柔弱的

乡愁的

曲线

我喜欢你

蓝色的

微笑

在雨里

低垂着

我的手

在梦里

高高的

顶层

也许苍茫间

会把那些盛开的

笑容上的

露珠

碰落

雁声依然

洒落

南国

窗外落着雨

窗外落着雨
无边无际的
山色
如朦胧的
流年

我的影子
仍在溪边的
乱瀑里

孤守着
孤守着
那把
红伞的
影子

把彩色的风
斟满
茶杯
豌豆花
开了
几朵

无人采摘的
叹息
挂满了
青青的
藤蔓

卡迪拉克
缓缓开走
再也没有听到
比萨饼的
消息

不要洗涤
我留下的
一切
和我背后那片
橘色的
落照

彩色的风

蓝色的群山

蓝色的群山
深深的影子
凝固着我的
幽思

淡淡的夜色中
公共汽车

在窗外渐渐
消失

一盏完美无缺的灯
在远方
孤独地亮着

裸露的吉他的
疯狂
正在一步步地登上
蓝莓味的
台阶

从伞上滴落下来的雨

从伞上
滴落下来的雨

有淡淡的
杏花的
气息

灰色在远远的
天边
把江南的
山影
收起

记忆已被收割
江岸上长出
青青的
陌生

你曾飘动着
你自己
任伞边的雨
滴落到
处女座上

雷声
已经远去

虽然雷声已经
　　　　远去

可古筝的弦
　　　还在
　　　颤动

未经风雨的
　　目光里
　　裸露着
　　莲叶的
　　　清芬

而楼影却已
　　铺满
　　街道

掩没了那些
被阳光的辙印
　　深深地
　嵌进去的
　　　日子

湖水
丝绸般
卷起

卷起
又伸开

你带来了
麦花的
香味

青青的
淡淡的
摇动

季节的风
轻轻吹过
吹过
飘起的
空间

是成熟呢
还是不要
不要
成熟

我站在我的书架前

我站在我的书架前
阅读着窗外的
雨声

遥远的河
遥远的山
童年已经
模糊

那些沉默的
滴落
那些并不炫目的
流逝

我站在我的书架前
阅读着窗外的
雨声

那么深深地
深深地
摇晃着

把辉煌的花瓣
恣意
撒落

可是我要的是你
金色的
美丽

是你一直
滴着雨珠的
那个没有太阳的
夜晚

打碎了的
夜的碎片

打碎了的
夜的
碎片

在月光中
闪烁着

富含维生素E的
心态

在晒衣架上
悄悄
晾着

换个姿势站着
让光
渗透
每一个
表情

风摇动着
红色的
波浪
在深度的
空间
飘浮

背景一片模糊

背景一片模糊

我已感觉不到

我在

弹奏

黄叶飘飘的

枝头

有枯萎的

雷声

坠落

要打造万人瞩目的

容颜吗

冬季

将流行

夏天

手机总是关着

没有人

敲开

脉搏

我只是默默欣赏

山的

遥远

微笑着

送你一声

我的

叹息

电视上的
图像

电视上的
　　图像
　　总是不够
　　　清晰

我测试不出
　　那种
　　平庸

不要告诉我
　　那片
　　云的
　　故事

我在期待一个
把我淋湿的
　　雨季

雨中裸露出一片浓浓的沉默

雨中裸露出
一片
浓浓的
沉默

最令人羡慕的
魅力
在灯影下
自由
搭配

饮一杯醇醇的
没有微笑
调剂的
注视

等待着
不再走红的谁
踏进
我的
片刻

拿着
汽车钥匙

拿着汽车钥匙
打开
温柔的
夜色

坐在驾驶室里
听远方
钟声
摇曳

我将驶向何方
到处
都亮着
红灯

有人站在街角
等待自己的那片
有一颗星星的
天空

到达了
一片粉白
之美

可是绿
仍在蔓延着
不肯
换季

跃过
半裸着的
夏天

成熟在
统治
美丽

但不要伸出
你的手
更不要
来摘我

我的帆在哪里

我的帆在哪里
我的
风呢

火红的时尚的
表达
在带蓝条子的
衬衣里

到处都是
到处都是
古玩
摊子

金字塔在浑浊的
沙尘中
渐渐
迷失

这个城市的
钥匙
在搭配着
欲望的
皱纹里

面前
危机
四伏

但风暴
很棒

陡峭而
光秃

孤独的
开阔

登
顶

在朋友的
圈子里

在朋友的

圈子里

头发上

都垂落着

诗句

蓝椅子

红椅子

坐的是

深层次的

兴衰

凌晨四点

有手机短信

发自近在咫尺的

月亮上

没有什么

昨夜星辰

已经

陨落

令人沉迷的

幽蓝

在你的

音符里

泻出

紧身衣和红色女装

悬浮着

许多

起点

继续寻找缥缈

深夜

有人留下一路

奥迪A8的

风水

可在项链上闪烁的

却是一颗

昂贵的

失落

精雕细刻的窗子

精雕细刻的窗子
挂在
没有窗子的
地方

没有云和雨的
声音
乐曲在时尚地
蹒跚着

面部的生命
成为一个
品牌

一杯自我修复的
潮水
摆在
坠向灿烂笑容的
遥远的
梦里

精雕
细刻的
窗子

在酒色的黄昏中
你曾问我
为什么
最美丽的
瞬间
最容易
沉淀

想要站住
我们却站不住
天光
深深
眼看着它退出
我的双肩
无影
无痕

难道此时此刻
可以离去
云山
依然
只是指上的那片蓝
默默
暗淡

我在
远方的地方

我在很远的地方

感觉到你

黑衣上的

那片月光

似乎

变浅

还有那些指印

土星的

光环

没有谁可以代替

那些纽扣的

微笑

还有穿格子长裤的

台阶下

零乱的落花

悄悄

永远地
在我
面前

永远地
离开
而去

留下的
只有黑和白的
影子

那些无声的
走不出的
走出

逝水

我们引用的
不是你的
蝴蝶

我们引用的

不是你的蝴蝶

我们的眼睛

已失去执照

群山般的群楼

容纳着宽阔的

过去

穿牛仔裤的云

仍在天下游动

没有人再向我送来

悄悄

耳语

请拉住我的

一个手指

走向一个

合适的

名字

那路电车还在开
只是有那么多的
水果
在后面
跟着

乱石峥嵘的
呼吸
在永不凋零的
秋色里
斜斜地
嵌着

没有手机短信
可以发送出
我朦胧的
烟雨

珠穆朗玛峰的雪
仍如梦中
那般
美丽

那路电车
还在开

男人的领带
是男人的
旋律

男人的领带
是男人的
旋律

苍远深沉的
风雨
天涯落日
沙漠和海

清清浅浅的
江南
厚厚重重的
北国

也许会在
瞬间
乍露

摘下的故事 在竹编的 篮子里

摘下的故事
在竹编的
篮子里
是不是还带着
一点点
苦涩

我听着
我看着
我等着
那绿荫覆盖的
结尾

只是把信留下
在落日的辉煌里
去发现一个
连绵的
雨季

摘下的故事
在竹编的
篮子里

永远亮着 有一颗星

有一颗星
永远
亮着

荷叶青青
雨从扉页
落下

羞涩着
禁锢着
流逝

我已经拥有
我不曾拥有

拥有你
魅力四射的
伤感

拥有你
永生的
淡淡的
清愁

我已经拥有
我不曾拥有

绿绿的雨

绿绿的雨
绿绿的空气
绿绿的
云层
下面
是我的
绿绿的
荒芜

一个清雅的
注视
转身后
又一个
浓一点的
清雅

我记得那个
时间
记得门后面的
那扇门的
深邃

一团青丝

一团青丝
　　蓦然
　　抖落

一壶乌龙
　　苦苦的
一壶龙井
　　涩涩的
一壶心事
　　浊浊的

一团青丝
　　蓦然
　　抖落

水从鸟巢
溢出

远山在
一片
雨中

发丝上滴落着
喘息的
美丽

滴落着
一个又一个
神秘的
回眸

我从我的
身体里走出

我从我的

身体里

走出

用微笑倾诉着

我的

悲哀

不要用微笑

不要用微笑

回答我

我只渴求你

一次忧郁的

注视

雨
平平静静的雨
既在窗前
又很遥远的雨

有很多次
有很多次
我听到

那些最高处的云
融入最低处的
草叶的
那些
神奇的
悄语

雨
平平静静的雨
既在窗前
又很遥远的
雨

手机没电了

手机没电了
打我座机吧
你点亮了我

我抚摸着
远山
那从门里
走出的
远山

我看到
辉煌的
熄灭
和不断转变的
流水

手机没电了
打我座机吧
你点亮了我

风
赤裸着
蔑视一切
时尚

不要粉红
不要浅绿
不要
嫩黄

风
赤裸着
轻轻踩过
这个浓妆艳抹的
再造的
四季

我的梦想一直装在口袋里

我的梦想一直装在

口袋里

不要鼓掌

我看到肥沃的掌声里

滋生着

虚无

婚礼就是葬礼

欢乐地埋葬着

那些初恋的

日子

无法罩住的乳房

在风中

抖动着

被盛夏的阳光

悄悄

占领

我的梦想一直装在

口袋里

我触摸着时光的

裸体

让岁月

在手指间

流过

那是一种

不再涌流的

涌流

那是一种

没有感觉的

感觉

永不衰老的

衰老

永不诅咒的

诅咒

穿过

所有

伴月
我光

早晨的空气
是绿色的
那是许多梦境

月光伴我

黄昏的空气
是红色的
那是许多缥缈

月光伴我

我不想对你说
池塘里已经
性感丛生

月光伴我

我只是想说
易拉罐里
储满了我整个的
雨季

月光伴我

用太阳坚固的光
建筑我
一层一层的
期待

什么时候
蓝颜色的空际
会有迎春
开出
圆润的
透明的箫声
从荷叶上
滴落

夏季温柔地
奔跑着
露出
肚脐

用
太
阳
坚
固
的
光

隐约可见
远处
河面上的落日

隐约可见

远处

河面上的

落日

那重量级的

悲戚的

告别

没有谁

能够挽回

辉煌

转瞬

即逝

只有薰衣草花

一往情深

将它淡紫色的

感伤

带入夜的

苍茫

在雨水丰沛的
躯体上
有月光
隐隐
流过

在山的暗影里
有二月的
夜的
空阔

请用指尖倾听
苍松
无际

声音在不断地
诞生
进入我的
视线

把花瓣洗浣着
在所有的路上
留下
唇印

我喜欢
不插花的花瓶

我喜欢
不插花的
花瓶

空空的
但却
富有

那些
永远也不
凋落的
梦幻

那些
淡淡的
哀愁

经过蜡染的
鸟声

从浅黄色的
丝绸上
滑落

不管什么时候
你都要相信
一只孤独的蜜蜂
一直翻动在
你那
永远的
花季

湖依然痛苦地
微笑着
平静而又
深邃

只有那些
云的
倒影
已经感到
疲惫

我喜欢黑色

我喜欢黑色
因为夜的深处
有梦

你的目光是银色的
永远有一个
朦胧的
黎明

岁月在掌心
毫无边际地涌流着
感伤的
粉红

雾遮住了
我的遥远
遮住了我
浪迹天涯的
那些
哀婉

一个一个
二月的笑容
依然残忍地
从我的
沙漠的边沿
崭露

生活中
没有句号

生活中

没有

句号

只有一个

又一个

逗点

夕阳西下的
空蒙
在成熟的天际
荒凉地
铺展

瞬间即逝的
美丽
在掩没着一切
也在诞生着
一切

我从一片
废墟上走过

我从一片
　废墟上
　　走过

　青玉的光
在赭石般的
　深褐色的
　　沉思中
　　沉淀着

我从一片
　废墟上
　　走过

你选择
什么
颜色

天蓝
黄
粉红和
绿

生活正擦过
你柔软的
梦境

你选择
什么
颜色

永远悲哀地笑着

永远
悲哀地
笑着

让泪滴
融为
露珠

一个盛开着的我

在我的季节里

自然会从

我的唇间

裸出我

彩色的

岁月

一个盛开着的我

雨柔细地
飘拂着

雨柔细地
飘拂着
那片已没有手指
耕耘的
叹息

已经无法追寻
生涯在一片青山中
生长着
黄昏

一些神秘色彩
在那些山的
影子里
发出
声音

深邃的蓝色后面
是一个沉落的
不再背在
背上的
背囊

在心的
某一个
角落

似乎依旧珍藏着
那片
落花的
残春

永远无法以语言
濡湿那些
色彩鲜艳的
神话

它在心的
某一个
角落

在心的
某一个
角落

我贫瘠而却永远开花的土地

我贫瘠而却
永远开花的
土地

生长着我
绿色的
淡紫色的
鹅黄色的
梦幻

一个一个
开了
一个一个
落了

月色
清婉
雪色
清婉

在黄昏的街巷走过

深深的天光

如一砚水墨

我不应该再往前走

打开的门和

关上的门

陌生而又依旧

那杯茶

已经泡好了

不再他求

让黄昏悄然逝去

只留下我肩际

仅剩的那一抹

金绿色的

温柔

在黄昏的街巷走过

深深的天际

如一砚水墨

巴士

终于来了
却不是
却不是我双臂
拥抱过的
那支
歌谣

从零点开始
一直等待
到生命的
零点

守望着那片
能生长出那些
脚步声的
泥土

那只琴
已不再
弹奏

地平线的远方
风景
依旧

一个吻
飘浮在
云上

一个梦
沉落在
海底

夏天是绿色的吗

夏天是绿色的吗

不要回答我

不要回答我

钟声已将暮色

溅起

一圈

弧纹

镜面上永远有

岁月匆匆

远去的

影子

我已把许多

往事的碎片

融入我的

第一根

白发

夏天是绿色的吗

不要回答我

不要回答我

土地在脉搏里
轻轻
律动

胸前垂落着
整个
春季

忘却了微笑的
眉际
铺展着的
许多
程序

褪色的发现
在命运的键盘上
点击着
蝴蝶的
彩翼

土地在
脉搏里
轻轻律动

树枝上滴落着月亮的雨珠

树枝上滴落着
月亮的
雨珠

深深的绿
在电话的铃声中
蔓延着

出租车的门
被打开
谁下
来了

谁又坐了上去
在月亮雨中
渐渐
远去

我不知道
不知道
你已经等了
多久

许多碎片
散落在
远山的
回声里

细密的树影
咬住下嘴唇
在月光下
站着

我不知道
你已经
等了
多久

我不知道你已经等了多久

风啊
不要
把我摇落

风啊

不要把我

摇落

不要摇落

我的孤独

我那一树

尘世的

蓓蕾

是我终生的

感悟

雨在天空里

有一片寂静的

鼠灰

雨点在我

开花的枝头

滋润着

往事的

枯萎

我的山峦
是紫褐色的

我的山峦
是紫褐色的
在风中飘动着
它的
沉重

虽然惊涛拍岸
留下无数
皱纹的
感觉

而翅膀却在
却在
永远地
微笑着

雨还在下着

雨还在下着
美丽的雨

沉重的思绪
打湿了
我的
叶子

风温柔地
透过圆润的
雨珠
描绘着
阳光的
颜色

不要忘了
用钥匙
打开月亮的
记忆

沉重的风
沉重的
月亮

沉重的
芳香的
日子

空气里
所有粉红色的
都已
成熟

我们呼吸着
张开
我们的
嫩绿

沉重的风

地铁在午夜循环

地铁在午夜
循环
留下一片
苍茫

我的手触到你
笑容的
边沿

尽管风留下的
是一个
灯火灿烂的
黑洞

但那些成熟的
光的颗粒
却一直
在每一个
依靠的站台上
闪烁着

几年前的火柴
还能
划着

我走在红尘里
车站
软软地
陷落

下一站在哪里
风和雨
笑着
伴我

而人行道外
却是辉煌的
落日的
鸟窝

不要打磨生活

不要打磨生活

装饰

是一种

公害

心可以和太阳

一起

落下

也可以和月亮

一起

升起

所有的感觉

都洒落在

闭上眼睛的

镜子里

在落着雨的远方

是否还有那些

发疯的

潮湿的

日子

黄山的茶
在临街的那扇
窗户里

徽州女人的
宽袖上衣
像一摊
模糊的
月色

仿佛有
春江上的船
正从
梦中
驶过

把绿色的水仙的
香味
溢落在
紫檀雕成的
桌面上

我陷入沉思

我陷入沉思
当我下车离开时
谁在伴我同行

沙漠蜿蜒着
一直伸展到
遥远的记忆的
深处

井里装满了月光
汲上一桶
晶莹的往事

什么时候
人们将收起翅膀
不再在露珠里
远眺

我陷入沉思
当我下车离开时
谁在伴我同行

温柔的暴风雨
卷过我那贫瘠的
山脉

留下数滴
悲怆的
秋声

椅子上坐着的
是大模大样的
忘却

我打碎了那只古盘
但它的残片却镶嵌在
我的那只
戒指上

它会看到
夏天到来时
芒草将怎样在往事的
眉目间
生长

你错过了
我的雨季

没有比我更好的
男人
你错过了
我的
雨季

那片潮湿的
朦胧里
至今仍有青荷的
淡淡的
忧郁

抱起满捆
我刚刚收获的
禾穗

抱起满捆我刚刚
收获的
禾穗

抱起我的
满捆
岁月

青青的
黄黄的
风雨

绿色的
粉色的
飘落

痛并快乐地
收割着
我自己

收割着我的
海和
天空

把电视关上

把电视关上
吵死人了
房间里有
晴朗的
云层

车在外面等着
小鸟在枝头
太阳滴落到
所有的
今天的
周围

楼梯上总是有人走过

楼梯上总是
有人走过

那些在性感中
荒芜的下午
他们总是探过头
戴上手套观赏

那些经历丰富
自视甚高的
破椅子

他们虚构着
一只
鸟窝

一条霓虹灯
熄灭后的街道
一些手挽手
走向昨天的
影子

你说你的
月亮在你的
表针上移动着

你说你的月亮
在你的表针上
移动着

天空和大地
都由三个原色
构成

我喜欢雨和月亮
同时出现

不再超额消费
芳龄的年龄

沿着海滩
有一行脚印
在不断地变换着
色调
可是没有人问
向远方走去的
是谁

你是否也曾诅咒过
那些圆圆的蓝蓝的
笑容

你是否也曾听到
电话里那些
挂满露水的
绿绿和青青

不断有快乐的死亡
打着白灯笼走过
张灯结彩的大街

我看到有一些鸟
正降落在
有着琳琅满目的
化妆品的柜台

喂
你好吗
那些蓝蓝的
圆圆的
精彩

今晚
我该穿什么衣裳

今晚我该穿
什么
衣裳

青青的荷叶
在两肩
摇曳

不要把我的
露珠
滴落

那里面有一个
阳光的
昨日

今晚我该穿
什么
衣裳

雨中的梅子成熟了吗

雨中的梅子
成熟了吗
那些青青的
酸酸的
日子

那些不再
回来的
日子

那些在远山的
弧线中的
日子

那些从发梢上
滴着水的
日子

雨中的梅子
成熟了吗

你知道
我喜欢什么

你知道我喜欢
什么

看到飞流直下的
风景
看到飘浮着的
汽车的
微笑

看到高高耸起的
空气
和走过新月时的
那种
步伐

你当然知道
我喜欢
什么

那些墙隔断了
我的
沉默

绿柳在窗外
遥远地
遥远地
拂动

此时此刻
谁会希望我
在晾衣杆上
挂满
浪花

我已经在岸上
我已经在
我美丽的
沉默里

那些墙
隔断了我的
沉默

月亮圆的时候

月亮圆的时候
和我没有
任何关系

我的库尔斯克号
不再
出行

继续坐着
欣赏
满天
落霞

让辉煌的过去
成为
苍茫

就在一夜之间
花都落去了

镜子边沿有飘落的
枯萎的
时光

而喜马拉雅山后的雪
却还紧紧地
拥抱着
八月

隆重推出的昨日

隆重推出的昨日

太咸

明天绝无艳妆

更多的

是一些

青色

不要再开了
梦幻
小院已落花
翩翩

独家发售的
那种粉红
已在缤纷中
沉淀

说什么也不行
飘落是
今天的
主角

穿着龙凤绣花鞋的
醉意蒙眬的
回眸

正在街道的
拥塞中
消逝

不要绷紧

你固有的那种

蓝色

不要紧绷你固有的

那种蓝色

小道消息

很多

有一种非茶非酒的

享有

魅力无处

不在

笠帽边沿的雨

来自遥远的

暮春

江上柔弱的

桨声

在保湿的因子中

喑哑

我的移动梦网里
一直有那条江
静静
流过

电话铃响了
腮边
泛起
红晕

每一空间的感觉
都更加
独立

花是红的
沙发
也是
红的

我的移动梦网里

我投入到一片云彩中间

我投入到一片
云彩中间
漂流着自己的
太阳

把那些最原始的
图案
刻上坚硬的
天幕

一个笑容
会永远留下
让它长满
苔痕

直到收获
辉煌的期待
成为
百万
富翁

不要惊动

我的沉船

让我的平静

直达

深层

让那些无法修补的

碎片

一直在舱底

沉默

外面还在下雨吗

星光不再

走过旧屋时

请看那墙上的

古钟

如今已是

几点

香港

香港
芳香的港

一个蓝蓝的梦
正在儿童的
粉笔画中间
发芽

许多风飘动着
色彩
在你的空气里
播放

播放每个人的
枝头上
那支蓓蕾
的歌

香港
芳香的港

什么颜色
最适合你

电话铃声响了
却无人
回答

只有
裸露着的
柳絮

从窗口
悠悠
飘过

什么颜色
最适合你

不要怕风
吹乱你的
头发

不要怕风
吹乱你的
头发

风是
最时尚的
美发师

那些乱
正在塑造世上
最有风韵的
发型

不要怕风
吹乱你的
头发

我喜欢不打伞
从雨中
走过

去享有生活的
潇洒和
朦胧

我喜欢
不打伞从雨中
走过

轰轰烈烈地开放着

轰轰烈烈地
开放着

走出青涩

倾听泥土
倾听忙碌的
沉默

轰轰烈烈地
开放着

所有的人都到了吗

所有的人

都到了吗

你为什么

向后走

那些露珠

都是绿色的

在月明星稀的

独唱里

闪烁

又一次错过了

那只渡船

而却眺望着

无涯的

山影

眺望那个

迟迟未到的

多年之前

就承诺过的

邀约

江南山脉柔婉的线条

江南山脉柔婉的

线条

在梦中

模糊而清晰地

交织

记得麦穗摇动的

影子

和镶嵌在蓝色镜框中的

几声

鸟啼

摘下一朵小小的

紫花

摘下你的

回眸

夹在泰戈尔的

诗集里

夹在月色朦胧的

永远

要不要唱点什么
回到
派对上
去呢

把一朵小花
栽进土里
永远别想
拥有

让车子在门前
绕几个圈
不要
上楼

要不要唱点什么
此刻
夜色
真美

在盛大的
派对上告别

古寺的风铃不再鸣响

古寺的风铃
不再
鸣响

头发垂到两肩的
细雨
在互联网上
飘洒

太阳还是那个太阳
可雨一直
下着

雨的声音
全是
新的

太迟了

太迟了
血管里流的
已是
夏季

奔跑着
可是车轮
已经
远去

用钥匙打开
梦影
那只是个
秋天

杯子碎落在
地上
雪已在悠悠
飘浮

机票已经
买好了吗

遮阳伞上凝聚着
浓浓的
暮钟

远处塔顶上
有一支
闪烁的
曲子

在不断地改换着
人们的
面色

美丽的晚宴
摆满
所有的
星座

盘子里全是
烤焦的
滔滔
不绝

你美极了

你美极了
只是还残留着
某些褪色的
明天

我们用指纹

狂草

我们的

渴求

我们用指纹

当你每晚入睡时

当你每晚入睡时

让驼铃

在阶前

响过

带着淡淡的甜味的
温和的
花香

你的雨在我的
窗前
落着

雨里有小小的光
落地时的
那种音韵

和那种瞬间扩展
瞬间消失的
故事

所有的雨季

所有的雨季
我都在这片
乱山之中
与旖旎的雨声
为伴

我的窗一直开着
半是山影
半是
云烟

书桌潮潮的
远去的雷声
还萦绕于
砚石
中间

巴黎有这样的
雨吗

你走过我

走过任何

年龄

飘落一路

幻红

街头有卖晚报的

声音

两个人同在

一把

伞下

仿佛在等待

却又不

茶的叶芽

在水中

依次散开

又依次

沉落

你走过我

没有
剩下
多少幻白

没有剩下
多少
幻白

梦一样地
飘逝

春已在
即将关门的
店铺的
货架上

法国娇兰
让期望
消除
皱纹

可我将怎样
走向
夏天

走向你
浓郁的
暴风雨

1 2 5

我不认识
那些歌曲

胖胖的
涂着很厚的脂粉的
流行

所有的青春期
都在闭着眼睛
发疯

我们还是走出
这些魔圈
到麦浪滚滚的
伤感中去

去感觉风
感觉阳光
感觉每一粒
并不时尚的
小小的
成熟

弦上的
幻想曲

弦上的幻想曲

从所有的

箭孔里

流出

耳环上的光

有低低的

颤音

很久没有的感觉

在公文包里

锁着

我让你久等了

楼的窗户

真美

五更已经到了
烛光
摇曳

不要打开
陈年的老酒
今夕
何夕

只要岁月
在美丽的外壳内
声声
哀啼

五更已经到了
五更
已经
到了

今夕何夕

在你家的时候

在你家的时候
已很遥远
餐桌边还有谁
依然

依然面对
旧时的灯火
那些哀伤的
灿烂

收起一桩桩
辉煌的
沉落

永远向自己
要回
自己

从所有的
梦里
走出来

不要在
一个城市
变老

晨妆

半个月亮

我已无法说出
那种近距离的
淡漠

世界上
只有半个月亮
最美

那种
遥远的美

那种
裸露的美

那种无法接近
又不可捉摸
的美

一曲过后
余韵仍在
心头

谁是今晚的
月光
吻过我
无言的
琴弦

树的独白

每一片娇艳的

叶子上

都有一个

风雨的

故事

站着

永远地

站着

永远以沉默

展示

自己

黄山

窗口

从窗口看出去
是许多
窗口

从窗口看出去
是许多
是许多许多

许多许多的
夜色中的
梦境

喘息着

流过

深处的

石缝

涌出

永不疲惫的

求索

湍流

海誓

你到什么地方
去了

你又到什么地方
去了

沙滩上
只留下
两对
脚印

海岸边
只留下
一个
故事

寒山寺的钟声

一片寒山
钟声
空灵而
幽幻

月亮正在沉落
孤鹜
声断

钟声慢慢
钟声渐渐

钟声像散落在
月色里的甲骨文
时隐
时现

你认识我是谁吗
你听懂
我的
话吗

太阳月亮和星星

太阳月亮和星星
你还记得它们吗

从远古的时候起
我们就是
光的
膜拜者

上海之夜
神秘的
东方之夜

这里有许多故事
都在它那
珠宝般闪烁的
灯火里

那半圆形的
多彩的梦境
和直入云天的
走红的
表情

似乎都在告诉你
这里的茶
比咖啡的味道
更浓

上海之夜
神秘的
东方之夜

北京四重奏

长城的古堡残垒

旧时的宫殿

摩天的楼群

和古老的胡同

古朴的庭院

这就是今日北京的

一曲令人难忘的

神秘的

四重奏

悉尼

我记得你那

袅娜的姿影

和你的

微笑

我曾推着婴儿车里

我的外甥女

走过你的

美丽的

街道

我记得你的

那些风

那些

阳光

到过你这里之后

我不需要再到

世界上的

其他地方

悉尼

我记得你

记得你那

美丽得透明的

一切

回忆悉尼

浴后的裸女

玫瑰和浅绿

在梦的荒原上

泛滥

浓浓的夜色里

你面对着

你的

闪烁

许多古罗马的圆柱

沉入苍苍的

暮春

在微笑的眼睛里

时间将无法

占领

一切

巴黎

你在我的梦中

是一方

丝绸

我从其中

听到马车轮子

敲打石板的声音

和波德莱尔的

吟唱

阿波里奈在哪里

莫奈和马蒂斯

从我身边匆匆走过

又站住

回头

凝望

为什么你是

东方人呢

我懂得

他们的

目光

巴黎

尽管你有

那么多那么多的

璀璨

可是我带走的

只是关于你的

一个梦

一丝模糊的

牵念

华沙留别

浸沉在微微细雨
和美丽秋色中的
华沙啊

我下次来
将是
什么
时候

请告诉那些雨
那些雨中的
匆匆的
人流

请留在这里
不要离开
不要走

我下次来
还要站在
维斯瓦河的
桥头

向他们问候
向他们招手
久久
久久
久久

伞

人生
在同一场风雨中
相知

命运
在同一把伞下
相依

你可以发芽
雨声
很美

你可以开花
伞影
很美

贝鲁斯科尼那家伙
还在把但丁的子孙们
送往
大斗技场

难道古老的历史的
残垣
竟没有给今天的
意大利人
留下悲哀的
震荡

我看到那些断塌的
圆柱
依旧如泣
如诉

它仿佛一直在
告诫世人
告诫世上的
一草一木
今天我们究竟应该
有些什么样的
建筑

绝唱

永远地恋着
这片
荷塘

直到雷雨摧毁
所有的
绽放

直到霜风折断
所有的
芬芳

厚厚的冰层下
仍泊着
它的
梦想

斑斑的残雪里
仍响着
它的
绝唱

永远地恋着
这片
荷塘

这是我送你的礼物
永远的永远的
礼物

这是我送你的礼物
永远的永远的
阳光

这是我送你的礼物
永远的永远的
雨季

这是我送你的礼物
永远的永远的
礼物

永远的礼物

图书在版编目（CIP）数据

瓷月亮. 夏 / 严阵著. -- 北京：作家出版社，2022.10
ISBN 978-7-5212-1707-0

Ⅰ. ①瓷… Ⅱ. ①严… Ⅲ. ①诗集 - 中国 - 当代
Ⅳ. ①I227

中国版本图书馆CIP数据核字（2021）第265842号

瓷月亮·夏

作　　者：严　阵
责任编辑：杨兵兵
装帧设计：奇文雲海 Chival IDEA
出版发行：作家出版社有限公司
社　　址：北京农展馆南里10号　　邮　　编：100125
电话传真：86-10-65067186（发行中心及邮购部）
　　　　　86-10-65004079（总编室）
E-mail:zuojia@zuojia.net.cn
http://www.zuojiachubanshe.com
印　　刷：北京盛通印刷股份有限公司
成品尺寸：120×185
字　　数：92千
印　　张：5.125
版　　次：2022年10月第1版
印　　次：2022年10月第1次印刷
ISBN 978-7-5212-1707-0
定　　价：128.00元（全四册）

瓷月亮 秋

严阵 著

作家出版社

当你升起的时候　我的梦是圆的

目录

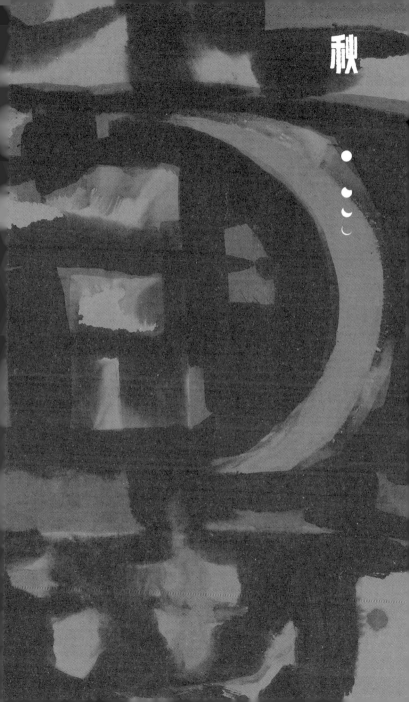

秋

人世间

谁能真正懂得

缺得越多

却越加

美呢

残月

悉尼风景

车子停下了
让小鸟
穿过
马路

慢悠悠的微笑
慢悠悠的海
慢悠悠的
孤独

深深的
走不出的
灿烂

我们收割
我们收割

许许多多的雨
许许多多的风
许许多多月色
许许多多阳光

我们收割
我们收割

许许多多
结满禾穗的梦
许许多多
装满希望的车

我们收割
我们收割

深深的
走不出的
喜悦

辉煌的秋色

在一团粉红
后面
在一团浓绿
后面
是一团
炫目的
金黄

此时此刻
中国的
每一个
被压弯的枝头
都结满了
沉甸甸的
辉煌

没有
红叶的
日子

秋风
是这里的
风景

赏秋

秋已深了

不知不觉

秋已

深了

一个寻觅了

终生的

诗句

已在岁月的

藤蔓上

成熟

垂落下来的思绪

谁来

梳理

残梦已经走出

灯火辉煌的

庙宇

不知不觉

秋已

深了

用眼睛收割
收割那
已被收割过的
荒野

还有小小的
红色的
颗粒

在草茎的顶端
静静地展示着
它沉重的
自我

夕阳

夕阳轻轻地裹着
我的
帕特农
神庙

我的那些
圆柱的
碎片
正忙碌地
收藏着
这些
如花的
残照

迈入更深层次的光
重新做一次
自我
淡忘

把所有的压抑
在无可挽回的
暮色中
悄然
释放

玉色的

满树

晚钟

在梦的边沿

翩动

不要期望走出

这片

老秋的

残红

只去

品味

寂静

书写今天的阳光

把最新的
抗衰老面霜
涂上你的
每一
行诗

让胶原蛋白
透入
已被风化的
文体

用雅诗兰黛
弹性活颜柔肤霜
去书写今天的
耸起的
阳光

请收藏好
最珍贵的瞬间

巴黎欧莱雅

能医治笑容的

衰老吗

枇杷已经黄了

雪在

江岸的

山上

请收藏好

最珍贵的

瞬间

看笑容

在秋风中

凋落

不要到苏富比和

佳士得

那里只有

高价拍卖的

布满皱纹的

咏叹

你在哪里呀

你在哪里呀
我在
这里

暮色已经深了
只有芒草
芒草在身边
摇曳

你在哪里呀
我在
这里

夜色已经深了
只有子规
子规在远方
悲啼

染一种颜色
在细细的视线里
留下
冷香

秋风万里
笑容中有
远山那片
灿烂的
消亡

酒吧
咖啡座
遮太阳的伞
和给我印象
最深的那片
那片
云烟

还有没有发出的
短信
都在重新注视着
地球那些
逝去的
旋转

沙漠

细细地
品味着
每一粒
沙子

品味那
永远的
美丽的
沉默

一层金粉飘落下来

街道投下

浓浓的

眼影

我还能和你一起

喝茶吗

秋天

已经从

结冰的河边

走过

商店的门

紧锁着

万木

萧疏

我抚摸着

隆起的

荒芜

和过去一样

呼吸着

模糊的视觉

越来越多的
笑容
已显得
衰老

模糊的
月色
模糊的
风

只不过是拥吻
高级
时装

模糊的
我的
视觉

驼铃声
已经
远去

沙漠
一望
无际

只有一行
跋涉的
足迹

在夕阳的
辉煌中
流失

驼铃声已经远去

金碧辉煌的城

金碧辉煌的城
如今只有月光
只有月光
流出城外

依旧有人
等候
依旧有人
别离

月光下的芳草
芳草无边无际

我曾经记起
我不曾记起

那始终都在
微笑的咖啡屋

如今已是
已是多大
年纪

徘徊在
秋的边沿
读着每一片
悠然的
坠落

蓝风轻轻吹过
我面部的
河床

不再有水底
粉色的
盛开

不再有
别人无法看到的
美丽的
残星

徘徊在
秋的边沿

读着
自己

发疯的向日葵

那么深深地
深深地
摇晃着

把辉煌的花瓣
恣意
撒落

可是我要的是你
金色的
美丽

是你一直
滴着雨珠的
那个没有太阳的
夜晚

端起盛满
月光的
酒杯

我凝视着面前
无边的
荒漠

不要让笑声
靠近
海岸

那里停泊着
残阳的
美丽

端起盛满
月光的
酒杯

我凝视着面前
茂密的
暮色

接受太阳

接受太阳
在很深很深的
夜晚

和蓝色糅合在
一起
梦境炫目般地
明亮

VCD里
有光碟吗
此刻一切
都沉落在
开启的
容颜上

接受太阳
在很深很深的
夜晚

风华绝代的
摇滚
早已留在
季节的
岸上

我们为什么
不去展示
我们
断壁残垣的
美丽

慷慨的秋风
终于帮助我们
完成了
我们的银杏树的
那片
金黄

我们为什么
不去展示
我们
萧萧的庄严的
坠落

前面是夕阳

前面是夕阳
巨大的
辉煌的
沉落

远处有
隐隐的
鼓声

和暮色
融流在
一起

前面是夕阳
风姿绰约地
淡出

各种颜色的伞
阳光和雨的
妩媚地
绽放

一座虚无的城
彩发飘逸
站着
等你

有着红唇的
移动的
宫殿

徐徐隐没
又徐徐
浮现

春色
秋色
渐浓
渐淡

虽然万紫千红

虽然万紫千红
已经老龄化了

深深的云
压向麦当劳的
红色和黄色

虽然没有留下
传奇的风
播撒着柳絮的
失落

虽然你语言的
建筑风格
依然是那么
初春

可是我感觉到
你肩头夏天旳
雷雨里
已有一茎
你的艳红
蹿出

谁是我的
清风
明月

禅院
花木
已凋

岁月却在
远去的
雁声里

和断墙下的
老蒲黄花之间
枯荣
随意

云山
迷离
谁是我的
清风
明月

秋水

秋水
在远方
闪烁着

远去的雁声
在案头浸润出
一圈
深蓝

我不知道
此刻
你在
哪里

是不是正走在
我那行
青青的
诗句
中间

秋水
在远方
闪烁着

你把满街灯火

留给了我

你把满街灯火
你把满街灯火
留给
了我

夜色厚厚的
厚厚的
厚厚的
幽暗

加油站里空空荡荡
长发
飘动着
永远

老地方
老地方
渐渐荒芜
渐渐

但等候的皱纹
却依旧
依旧灯火
灿烂

橱窗

橱窗里站着
价格昂贵的
时尚
站着那种
既没有开始
也没有终止的
笑容的
荒凉

让风的血管
搏动起来吧
让雨
疯狂

让橱窗不再是
这个
世界

让世界不再是
那个
橱窗

橱窗里站着
价格昂贵的
时尚

我记得
112路电车

我记得112路电车
在一片秋云中
远去的情景

车上坐着
我的目光的
一个背影

碎片洒落一地
满街都是
那个影子

冬天来了
白雪一层又一层
覆盖

没有路通向
那片荒芜的
心事

只有112路
依然来往于
那片秋云中间

秋

梧桐
把浓浓的影子
飘落在
秋雨的
黑洞里

宣纸上
水渍斑斑
那是我在建筑
另一个
秋季

有那么多的放弃

在等着

我已

不是

我了

久久地注视着

冰上的

华尔兹舞

那个故事的

开头

而手中小小的

版图上

却只能容得下

残月

一钩

微笑

点头

有那么多的放弃

从面前

经过

马路对面的夕阳

马路对面的

夕阳

只剩下

一丝

红烬

背影远去

我的风追赶着

那片

白云

没有再见到什么

车流

缤纷

没有道出那声

酒一样的

再见

我始终等待着你再问一次

我始终等待着

你再问

一次

秋风

萧瑟而又

拥挤

所有的树枝

都是粉红色的

凋落

留下的

记忆

一个朦胧而又

清晰的我

站着

霜风

万里

我始终等待着

你再问

一次

沉落

静静地看着
美丽的
沉落

看着太阳
缓缓
隐没

你到哪里去
天和海
已浑然
一色

不要说明天
闭上眼睛
你就会
看到

看到你的
星座
运行的
轨迹

改变了的风景

改变了的风景
只有风
拥我
满怀

凝固的灯火
渐渐
陨落
夜以葱茏的神色
临近

强咽着
疯长着
皱纹
我以遗忘
洗涤

洗涤曾经
落在我肩头的
那些
遥远的
钟声

汽车抛锚了

汽车抛锚了
我看着你
背后的那座
古堡

细雨刚过
汽车的风挡玻璃上
秋色
已老

为什么要在这个地方
停下
古堡的大门
已开

是谁曾从这里走进
是谁曾从这里走出
它在把谁
等待

汽车抛锚了
我看着你
背后的那座
古堡

一个老人在吹奏萨克斯管

一个老人
在吹奏
萨克斯管

像一棵落尽
果子
的树

喝了一瓶又一瓶
苍远
而长醉
不醒

酒杯在残阳的
赭红里
盛满岁月
隐隐的
雷声

没有地方寻找

此身
已在
天涯

我喜欢那道套餐的味道

我喜欢那道

套餐的

味道

秋和冬

交织在

一起

许许多多的

凝雪

开满我

落尽叶子的

枝头

我将选出

哪一枝

绽放于

你的

墙内

灰尘在我的问候声上落满

灰尘
在我的问候声上
落满

美丽的回声
已经在秋风中
凋残

有一首歌
却一直凝视着
斟满茶色早晨的
遥远

长江已经干涸
哪里有水
只有圆明园在
广阔的背景上
展现着废墟之美

灰尘已经在
已经在我的
问候声上
落满

我的菜单

几个齿轮
在岩石般的
梦境上
转动着

一瓶
没有打开
封盖
的酒

一些盛在
明代青花瓷盘里的
已经收割过的
残秋

和一些
永远无法
走远的
远山

在灯火的
深处
新款的奥迪
还在
等候

不要画眉毛
大衣在我手里
眼神里
背包
很重

菜单是昨天的
没有音响
我们不认识我们
错过
轻狂

也许有一天
我会忘却那些
灯火
惦念着远方那
一片朦胧的
雨意

在灯火的深处

深秋的灯火
落满大街

深秋的灯火
落满大街
落满暮色
中的期待

一棵树的
影子
在日本餐馆的
窗下

满篮子酸酸的
成熟
伴着北方
胖胖的
微笑

你认识月亮吗
是它看着
雁声远去
和一个
圆圆的
秋夜

我挽着黄昏

漫步

白色的花

盛开着

我选择了你

不再系安全带的

那种

凝视

灯光透过我的

诗句

远远地

独奏

不属于我的

黄昏

正牵着

我的手

我从没有
离开过
那根藤蔓

我从没有离开过
那根
藤蔓

你篮子里的
那个太阳
发出深深的
蓝色

不要再瞧着我
秋天
我会为你的窗户
送去一叶
艳红

而在冬天
你可以到钟声里
去寻找我
那山寺的
晚钟

没有酿造出葡萄酒

没有酿造出
葡萄酒

我的枯藤上
只残留着
几颗
干涸的
酸涩

秋风依旧
秋风依旧

只有小鸟
站在
我的
枝头

打量我从
暴风雨的漩涡中
紧紧守过来的
那缕
清愁

古寺在山的顶端

古寺在山的顶端
夕阳
艳红

一片模糊的
美丽
在古筝的幽韵中
滴落

鸟儿不再飞翔
它正用赤裸的双足
涉过
松涛

而新月
却在盘石上
孤身只影
向云海
垂钓

我在最深的
那个层次上
等候

等候你的
青灯
如豆

感觉到
轻微的
震荡

桅杆
在城市
升起

当夜的浪花
散尽的
时候

街道上只有一个
潮湿的
晚秋

山水音响已经沉默了很久

山水音响已经沉默了
很久
丛山峻岭
从书桌上
直达天际

外面有救护车的
尖叫声
诗歌已经
生命垂危

一个画荷花的人
从原野上走过

所有的小草
都蜂拥而上

可是他无法找到
那些汽车的零件
和那些早已
荒芜的
池塘

绿苹果在枝头摇曳着
它芳香的
灵感

风和阳光的比分
在交替
上升

没有人和它计较
最初的
酸度

慢慢地
它将用笑筑起
整个的
十月

当然不能错过

当然不能错过

开在枝头上的

那些日子

闭上眼睛

撒播绝对的

芳香

让百年老店的

耳朵上

挂满

莹莹欲滴的

初恋

从开满庭院的
紫色梦境
中间

我觉得我能
找回你

秋色已染上肩脊
深深的
灵感

不是谁都可以
为此
应有尽有

那蓝蓝的紫紫
那紫紫的
蓝蓝

那圆圆的缺缺
那缺缺的
圆圆

从开满
庭院的
紫色梦境中间

秋是皎洁的

秋是皎洁的
别忘了抚平那些
皱纹的
月色

李商隐的诗集
放在老北京城的
一侧

冬日完美护肤组合
在我为你准备的
透明的
皇室的酒杯里
守候

那棵树
依旧站着

你坐在那里的时候
天色沉沉的

窗外灯火的远方
是一幅简约的
图画

那棵树
依旧站着

接过檐边的雨
又一滴一滴
洒落

你坐在那里的时候
天色沉沉的

窗外灯火的远方
是一幅简约的
图画

秋意

斑斓的秋意里
橙紫蓝
灰粉红

渐渐幻为
梦般的
缥缈

多少时日
已经陷落

可那首老歌
却仍在山谷里
荡漾

柔软的
色彩斑斓的
灵感

在你的
肩上
漂流

云的沉重的
水墨
一直泼向
天涯

四山空空
我们到
哪里去

我们到哪里去

你垄断了我的目光

你垄断了
我的目光
我不再望向
别处

拖地的红衣招展着
四山
空蒙

张开双手
捕捉淡淡的
预感

空车的轮子
在弯道上
驰过

所有风沙迷漫的面部
都种植着
灿烂
你垄断了
我的
目光

到碧露轩喝茶去
面对月影
东移
面对夜色
迷离

品满碗
古筝的
幽韵

赏无人邀约的夜的
那种
孤寂

那种孤寂的
美丽

那片灯火
很年轻吗

那片灯火
很年轻吗
它是否和暮色
同龄

我们从中
走过
走过青苹果
满枝的
梦境

灯火蔓延着
暮色
越来
越浓

我们融入迷离
我们融入苍茫
我们
融入
朦胧

帆在房子上面
鼓满了
沉重的
月色

闪动的岁年之水
流向
高高的
青蓝

我愿伸出双手
去拥抱这
没有风景的
风景

那些由
商店橱窗
组合的表情

那些由商店橱窗

组合的

表情

凋落下

成堆的

夜色

你说你不曾

来过这里

那些由灯火组成的

荒芜的

葱茏

正生长着

成片的

疯狂

你说你不曾

来过这里

不要把镜头
对着我
我已
放弃

堆积在面部的
建筑风格
不再在太阳的
粉底上
涂抹

白云高高地
飘过
不再有季节的
呼唤

不要把镜头
对着我

纸杯里有
哈根达斯

纸杯里有

哈根达斯

傍晚的空气

青青

仿佛即将融化的

粉色的

相见

绿波

滢滢

你总是消失在

街道的

对面

把空间让给

缤纷的

车流

我无法再望见你

只望见

一片

残秋

夕阳西沉的
美丽

每天都被人们
匆匆地
遗忘着

夕阳西沉的美丽

别了

别了
只留下一个空吻
沉甸甸的

在那些无法找到的
脚印里
也许有
杜鹃
啼过

但不要
不要
在意

远方只有一个黑点
在地平线上
渐渐
消失

在无边无际的

梦之海

收起一网网

辉煌的

沉落

远方
雁影正在
瞬间融入
蓝蓝的长空

远方雁影

正在瞬间融入

蓝蓝的

长空

错过了

无数

第六种

感觉

已无法

从头

开始

如果有勇气犯错误

那该

多好

远方雁影

正在瞬间融入

蓝蓝的

长空

到了地方一定打电话给我

到了地方
一定打电话
给我

原野伸展着
还有紫色的
山影

从远处看去
小镇
一片
深灰

到了地方
一定打电话
给我

河水上流着阳光

河水上
流着
阳光

云盖过了
绵延的
山脊

最好不要
再增加
笑声

让我想想
你到底
是谁

在夜的风景中
擦肩
而过

岁月湍急
群山
依旧
青青

不需要考古
一切
转瞬
即逝

若有所思的
灯火
还是那么
灿烂

笑容一直蔓延到脚尖

笑容一直
蔓延到
脚尖

一种没有声音的
韵律
湿湿的

在一千零一夜的
故事里

你说哪一个我
更优秀

满地都是
窗格的
影子

站着
静悄悄地

和月光
私语

满地都是窗格的影子

那是一个声音像我的人

那是一个声音像我
的人
在太阳的
圆圈里
说话

行李箱是个
名牌
车的后灯
亮着

我知道前面是
什么
地方

可是我已经
走出了
那个
圆圈

温柔的风
吹着浅草

眼睛闭了一下
又睁开来

敲门声轻轻的
海在窗外
走得
很远

我开始想起
那些足音

可楼却依旧在
高高地
亮着

温柔的风

飘洒着走过

飘洒着
飘洒着
走过

红玻璃和
黄玻璃

尾灯亮着
海从眼眶
流山

蓝是我的颜色
是最美丽的
颜色

把心思
打进
包里

听雷声
隐入
天际

水中的影子
是那么
古老

雨中的车流
消失在
不同的
远方

看得见那些
旧时的
藤蔓

一只鸟飞进了
深深
的绿

铺开古筝

铺开古筝

笑着

从弦上

踩过

眯着眼睛

品味

自己的

余韵

孤
独

我希望有座
海边的
房子

让海和我一起
享受
孤独

翻开的
是一首诗

合上的
也是
一首诗

来一杯红粉佳人

来一杯红粉佳人
夕阳在
醉醉地
凋谢

这个世界已经
不流行
近距离

请远远地
远远地
看着我

海是蓝的
天空也是
蓝的

青瓷花瓶上的
釉色

青瓷花瓶上的
釉色
已被涛音
染满

红着
但又
绿着

岁月
如烟

让感觉露湿
所有的
芒鞋

我们依旧
向空中
走着

在河的对岸

在河的对岸

有戴红头巾的云

在一棵紫的

浓彩中

静静立着

沙漠的惊涛骇浪中

有骆驼的

微笑

地平线淡淡地

轻轻地

飘拂

金字塔里响着

远古的

呓语

不过那些面容

却仿佛

在哪里

见过

我们已无法承受

怀里抱满

鲜花的

沉重

我们
已无法承受

地平线上的
玫瑰色

地平线上的

玫瑰色

一望

无际

群山已沉没在

天的

边沿

一杯酒里

有星空吗

我默默地饮下

你的

笑靥

指纹留在
失败的
故事里

我们弹奏
自己的
色彩

长椅上的座位
被月光
占着

我们的影子
在水上
扭动

楼房晃动着

楼房晃动着

默默走过

繁华的你

去承受

笑容的

辐射

用刀子还是

用叉子

去品味

昨天

在钟声的

深处

谁在蓦然

回首

螺母银扣上
有沉沉的雨

灵感从芭蕉的
叶脉间
滴落

古国的雕塑
在异乡
流浪

河流在峭壁间
蜿蜒流过

人们用脸上
陶俑的
花纹

镶嵌着
灯火辉煌
良宵

已经失去了
很多风景

已经失去了
很多风景

可那落叶的
声音
犹在

湖曾在蓝色的
衣袖上
沉睡

而我们却在
小巷的
深处

奢侈地把阳光
洒满
一路

我忘记了我

只有风轻轻地
拂过青竹
如约
而至

我忘记了我

灯火
茂密地
蔓延着

灯火茂密地
蔓延着
我看不见你的
第六感觉

虽然我不抽烟
但仍然有人
把带着唇红的
烟蒂
扔到我的脚下

时间伸出
长长的手臂
到处都是
不微笑的微笑

我依旧站在
旧时的那盏
灯下

面对灯火
茂密地
蔓延着

一杯鲜榨果汁

一杯神秘的

落日

一些古老的文字组合的

初次

相识

这时你会看到

过去

是0

而未来

是浓浓的

暮色

许多人来了

许多人来了

许多人又离去

花朵般的似曾相识

又不曾

相识

把视觉拼贴在一起
世间是如此奇幻

眸子里有几缕
田园
秀色

一点点
秋的
残留

一点点
粉红的
厌倦

路边炫目的
却是那些
包裹得紧紧的
蔓延

我登录

你的

网站

阳光地下室

在秋风里

结满

果实

斟满杯中

绿茶

墙上有

云山的

淡泊

不要对别人

说起我

流水中

有我的

影子

在河流的底座上
那个微笑
是古老的

一个管弦乐队
一直在奏着
遥远的
城市的
谣曲

穿西装打领带的
秋季
在面前
淙淙
流过

在河流的底座上
那个微笑
是古老的

那些瓶子太重了

那些瓶子太重了
欢乐与痛苦装满
贴着金色商标的
那些
部位

一场秋风从面部
卷过
眉际有深深的
车轮的
辙印

我所有的梦
都烧制在那些
未曾陈列出的
红釉上

请不要在
倒空了它之后
又将它
打碎

为什么总是隔着桌子
谈话
用微笑磨痛
我的
注视

为什么总是隔着桌子谈话

你知道握手吗

你知道握手吗

那是把一首诗印在
另一首
诗上

红色的丝巾上
是东方的风

裹得紧紧的风景
在阳光中
走过

是谁给我发来了伊妹儿

是谁给我发来了
伊妹儿
我不想再重复那句
讨厌的你好

一个有争议的闪念
从地平线上
冉冉升起

我不在意我什么时候
在你的眼神里
陨落

黑客进入了网络
秋冬美肤预告
筑起围城

只有秋山
依然在一抹艳红中
期待着
深深的
冬季

那声音带一些向日葵色

那声音带一些
向日葵色

是过去
在默默
呼唤

海在远方
轻轻
律动

更远处是一些
橙色紫色
孔雀绿颜色的

隐隐可见的
山脉

假如有月色

假如有月色
你的头发
会更美

把梦打开
一页一页
翻过去

用高高的芒草
编织那些
有着故乡雨点的
风景

我们会在湖水掩映中
近距离地看着
我们的
过去

假如有月色

保湿的睡眠
在雨中
长大

一半赤裸着
一半
半遮
半掩

别对我提起
酒吧
那里的四季
都很
肥胖

荒无人迹的
喧闹
是无法修整的
影子

许许多多
错误的
路牌

许许多多
错误的路牌
在阳光地带
喧腾

树枝上五彩的风
纷纷
坠落

今天我们
到哪儿去
手机的铃声里
一片月色

永远不要
那种茂密
因为它挨近
夏季

车堵得
越来越多
今天我们
到哪儿去

绿色的瓦罐里
盛满了
太阳
的吻

我等着
那个
时刻

在落雨的时候
我会把它
送给你

送给你一个
红红的
孤独

绿色的瓦罐

站在良宵的灯影下

站在良宵的

灯影下

是一个

旧时的梦

彩发飘逸的

深秋

有着不规则的

跳动

有些歌曲

依然在唱着

收藏却

日渐

衰老

在那座古典的

建筑中

再也无法喊出

最初的

陌生的

感觉

葡萄的藤蔓上
结满我
秋天的
日子

山在云的上面
变幻着
色调

那奢华的
成熟
只是一些
有钟声的
夜晚

背上孤独的
大包
到冬天积雪的
悬崖上

你会找到我
失落的
结满许多小红果的
杜鹃的
哀啼

赭红色的上衣

赭红色的上衣
黑裤子
黎明总是
这么装扮

从梦里走出
又走进梦里
遥望那个
遥远

花店开门了吗
给我一束
挂牵

不再有
打电话的
勇气

开小白花的感伤
一夜布满
布满钟声
绵绵

我在虚无中仍然拥有
你在我梦的断壁上
留下的
岩画

把你的笑容插入香炉
让你的缕缕
萦绕于我的
城堡

不断用火柴点亮

不断用火柴点亮

那些

梦的

云景

我依旧在经营着

我的

那些

失去

玉杯里落满灰尘
往事
为泣

你是否还抱紧
那方绿雨

在萧瑟的
秋原上
独步

很久很久的缄默

很久很久的

缄默

一条红色的线

柔和地

散落

白叶窗遮住了

梦的出口

窗外秋的盛妆

已经眩惑在

天际

在藕色的黄昏里
没有人能够感觉到
一些尾灯的
流逝

在藕色的黄昏里

山沉默的时候

山沉默的时候
只有几弧
淡淡的
蓝韵

浓缩了的夜的
幽静里

有浓缩了的
守候

完美的风雨
在完美的停顿里

袒露出
新月
一钩

把风雨砌在老屋的墙上

把风雨砌在
老屋的
墙上

静静流去的
是我

当我流经你
心上时

只需你
深深的
一瞥

不要读错
那些
呼吸

从紫砂壶里倾出的
是辉煌的
夕照

当风吹皱了天空

当风吹皱了
天空

我们便开始寻找
另一种
云的
插座

不要说忘了
带伞

如果有雨
如果有雨

我会撑起
手掌

罩着你所有的
美丽

不要说忘了
带伞

在秋水的
那一边

在秋水的那一边
山只是一个影子
云只是一个影子
岸只是
一个
影子

种植着
顺流而下的
回眸

从红红绿绿的
沉淀中
去从头
翻阅
人世

种植着
顺流而下的回眸

无声地抚满我的一肩

无声地抚满
我的
一肩

你给了我
月光的
感觉

我看到你站在
花店门口

散发着
阳光的
感觉

我看到你站在花店门口

在钟声的皱纹里

在钟声的

皱纹里

有一些百合花

正在

盛开

笛声

笛声里有一条路
通向
橘色的
黄昏

荒野里开放着的
飘落的
日子
正被紫色的山影
渐渐
覆盖

还需要到远方去吗
这一片贫瘠下面
就蕴藏着
最可贵的
富有

关上的门

那扇门永远地关上了
留下的是一片远空和浩如烟海的故事

紫禁城的落日

在落日的辉煌中

是一个又一个

沉落的

王朝

长城

你垄断了我的
目光
我不再
望向
别处

不要说那是一些
断壁残垣
那是我们
种植的
灿烂

夕阳在醉醉地
凋谢

请远远地看着我
或者远远地
不看

这个时候
天空和海
都在橘色的
浓彩中
迷恋

夕阳在醉醉地
凋谢
抛洒着它
最后的
美丽

凋谢的夕阳

又一个黎明

星光正在沉落
又一个
黎明

大提琴已不再倾诉
那些珍珠般的
散落的
梦境

相见和离去
究竟
有多远

夜色是美丽的
可是曙光
已现

结

我能失去的
都已失去了
我只剩下
这淡淡的
微笑

请不要怀念我
我没有
做对
什么

身后只有那
一大堆草丛
那片
绿绿的
荒芜

窗外的风景

灯火泛滥着
有一些流动的
粉红

还有浅绿和蓝
所组合的
梦幻

目环上的光
颤动着
像滴落
的雨

没有人走过的
楼梯
一直在
等候着

芳香的盛开

那是谁
正在
盛开

是优雅
是美丽
是和谐

那是谁
正在
盛开

是青春
是理想
是期待

无花的思念

所有的花
都谢了
只剩下
我的
思念

只剩下
我的那些
永远不再凋谢的
神圣的
梦幻

所有的花
都谢了

梦
影

没有宫殿

没有王冠

在不盛行

装修的

梦中

人的真实之美

才会

偶尔

闪现

金树

黄金的树
扎根于
人们的
良心

黄金的树
成长于
人们的
勤奋

黄金的树
收获的是
遍地的
黄金

与那弯新月
一起
期待着

期待着
那古老的
绿色的
陶罐里

会升起
升起一轮
沉落的
满月

期
待

九华山的茶道

它好像酒
却不是酒
清清
浅浅
淡淡

一杯饮尽
天上
云涛

一杯饮尽
海中
波澜

粉红夕照中的裸女

和天一样
和云一样
和山一样
展示着自己
美丽的
本我

书房里的裸女

轰轰烈烈地
开放着
自己

走出青涩
去弹响
没有风暴的
美丽

仿佛能很清楚地
看到
那些月光的
影子

它默默地爱抚着
那片美的
凋落

在雷雨留下的
无声的纠结中
停泊

谁又知道
这是另一种
芳香的
覆盖

南屏晚钟

杭州的心

在渐渐远去

西湖

和远山的

残影中间

隐隐可辨地

震荡着

交河故城的
落日

落日的空蒙中
是岁月的碎块
组合出的那片
悲凄的美

你知道
我是谁吗
寂寂中
无人应答

只有那片
橘色的苍茫
把那些
如泣如诉的故事
裹起
留下

落日的空蒙中
是岁月的碎块
组合出的那片
悲凄的美

一座有折扇的老房子

往事历历

古老的夜色中

一把折扇

打开了

东方的

神秘

波浪在船头轻轻地
打着结
肚脐眼露出的笑声
阑珊的
灯火里

佛的头已经
被人偷走
但香火依旧
鼎盛

不要纸面上探讨
一堵墙的颜色
和那些凄美的
吟唱

一瓶香水打翻后
谁能再收起
它那溢出的
芳香

结

难忘今宵

是预言的错误
我们重又再见
灯改变了目光的颜色
似水流年

明朝你在何处
天涯梦断
只有芬芳的双眸
在背囊里
沉淀

有月光的卧室

一切都百无禁忌

这只是自己

自己的一间

有月光的

卧室

等我化个妆好吗

一笔一笔

直到月光

相继

消失

于是一切都暗淡了

我自己已不是

我的

自己

于是我们走在阳光下

灿烂中

无枝

可依

女人街

转过一个弯去
便是女人街

月亮圆的时候
和我没有
关系

继续坐着
欣赏满天
落霞

让雷雨洒落
满街芳香的
苍茫

转过一个弯去
一切都属于
女人

深夜里弹吉他的裸女

把愁绪装在
古瓶里
品味自己的
心韵

让脚步在弦上
踩过
去追寻坠落的
星辰

古堡里的裸女

坐在岁月的废墟
品味荒芜

水墨一直
泼向天涯
寻找
孤独

不再望向别处
不再
倾诉

只让云默默涌流
默默
飞渡

一千年前的
五百年前的
和现在的

三只眼睛
同时看着

却不明白
正是她神圣的
乳房
哺育了我们的
神圣

三只眼睛下的裸女

裸女 吉他旁边的

如烟的往事
渐渐幻为
梦般的
缥缈

多少时日
已经陷落
多少
多少

可是那首老歌
却依旧
在山谷里
震荡

并悄悄地返回
带着那丛
故乡的
芳草

只有星光知道

所有的

秘密

人约黄昏

荷

在暴风雨中站立着
绽放所有的
芳香

并不热衷万紫千红
只用自身的洁白
为池水留下
美丽的
影子

图书在版编目（CIP）数据

瓷月亮. 秋 / 严阵著. -- 北京：作家出版社，2022.10
ISBN 978-7-5212-1707-0

Ⅰ. ①瓷… Ⅱ. ①严… Ⅲ. ①诗集 - 中国 - 当代
Ⅳ. ①I227

中国版本图书馆CIP数据核字（2021）第265843号

瓷月亮·秋

作　　者：严　阵
责任编辑：杨兵兵
装帧设计：奇文雲海 Chival IDEA
出版发行：作家出版社有限公司
社　　址：北京农展馆南里10号　　　　邮　　编：100125
电话传真：86-10-65067186（发行中心及邮购部）
　　　　　86-10-65004079（总编室）
E-mail:zuojia@zuojia.net.cn
http://www.zuojiachubanshe.com
印　　刷：北京盛通印刷股份有限公司
成品尺寸：120×185
字　　数：95千
印　　张：5.25
版　　次：2022年10月第1版
印　　次：2022年10月第1次印刷
ISBN　978-7-5212-1707-0
定　　价：128.00元（全四册）

瓷月亮 冬

严阵 著

作家出版社

当你升起的时候　我的梦是圆的

目录

冬

●
●
●
●

站在小提琴的
颤音上
观看
城市的
黄昏

在烛光晚餐的
小桌旁
接待一个
不系纽扣的
夜晚的
光临

月光只在碗边上
闪烁
茶香
袭人

远方发出笑声的
不是蒙娜丽莎
而是马蒂斯和毕加索
刚刚完成的
富有东方情味的
精品

风

风把遥远的感知
传给了每一条
垂下的
柳丝

色彩已在
缓缓飘落的
雪的风度中
注满

无数歌迷
在等待着
梨花的
最初一次的
探戈

你为什么
依旧裹紧
你的
冬季

风灯

熄灭了
却依旧
亮着

在风里
亮着
在雪里
亮着

在岁月那
厚厚的
征尘里
亮着

熄灭了
却依旧
亮着

距离

面对面坐着
却如此
遥远

如此遥远
却面对面
坐着

这扇门
关上了

那扇门
便会
接着
打开

门

人

最可怕的

不是那个

不了解

而是

那个

了解

你能听到我的

呼吸吗

我的

轻轻的

思绪

没有吉他

没有

疯狂

只有淡淡的风

在天际

流浪

不断地

审问着

自己

沉沉的

背囊

你能听到

我的呼吸吗

楼梯一直响着

楼梯一直响着
上去的
下来的
杳无
踪迹

那家小饭店
已经拆了
灯火已成
一堆
瓦砾

只有小雨
依旧落着
依旧
落在
冬季

楼梯一直响着
上去的
下去的
杳无
踪迹

我们面对面

坐着

视觉思维中

是一个小小的

从未被人们

认识到其价值的

领域

为什么总是

总是选择

家常菜

目光达不到的

地方

是一片

宝贵的

荒芜

微笑

能拍卖吗

在英国舰队街的

暮色里

有人从停下的

马车上

抛出一个

价格

冰酒

冷冷的

而又

热热的

尼亚加拉大瀑布

从心的悬崖上

一泻

而下

从此你才会知道

冰里到底

蕴藏着

多少

性感

蕴藏着多少

杏子

橘子

青柠檬的

挂牵

和草莓

薄荷

樱桃的

历尽沧桑的

期盼

在那个小站上
停留得
太久了

蓝蓝的
那么深远
又那么
美丽

甚至微笑
也无法
打进
包裹

虽然背上沉沉的
但在某一个
梦里

我会在
海波声里
在你的诺曼底
登陆

一瓶波尔多酒

一瓶波尔多酒
让你品出
它的
年代

你去跳你的
我只是一个
旁观者

旋转着的瓶子
是他的
彬彬有礼的
魔法

你去跳你的
我只是一个
旁观者

朱红色的瑰丽

朱红色的瑰丽
透过一层
薄薄的
感悟

几乎是转瞬之间
我倾尽了
海的
丰富

岸边只剩下
没有涛音的船
将干涸的风
悬满奥地利的
雕花的
梦幻

在高级商业街上

在高级商业街上
多彩浮雕
在阳光下
浮动

时尚餐厅的
独立酒吧
正等待着
暮色的
姿容

大师四人组的
演奏
来自遥远的
磨盘

在插满鲜花的
水桶里
储藏着
爵士乐的
经典

悄悄地留意
风不再复返

宝瓶座
在缓缓地
运行着
灯火阑珊

也许河流
会沉睡
去空

日暮时分
我结识了
那片树的
影子

不知不觉
月亮的波浪

已无声地
流过了
我瘦瘦的
山脉

红男绿女
已经沉落

红男绿女
已经沉落
江上只有
一个
钓翁

人们一点也不奇怪
疯狂是白色
还是
黑色

需要充电吗
江水搏动着
一直
流向
天际

威士忌加上冰块
再加上
融化不了的
南国的
群山

我享有
我的孤独
享有雨中
有朦胧的鹅黄色
和淡紫色的
瞬间

夕阳在天外
沉落
黄昏的风
无人
朗诵

一个一个故事
在暮色苍茫的
缭乱里
相继
结束

棕色配天蓝色

棕色配天蓝色
或者
粉红

我们织着
自己的
气息

沉静里储着
一涯
深绿

浅灰的底色
是群山的
冷峻

远处的山脉
一抹青春的
蓝蓝的
眉目

不要问我在
什么地方
我已
萧疏

我正温柔地
抚爱着
渐浓的
暮色

寻求我的
完美的
孤独

远处的山脉
一把青青的
蓝蓝的
玉壶

远处的山脉

告别

相见是美丽的

告别也是

美丽的

一切都匆匆而过

一切都不会

再来

只有星光

在夜空

永远地

闪烁着

在安静的小酒吧里
听夜色
倾听

男人在孤独的时候
才是
男人
山峰重叠的双肩上
有月色
轻轻的
脚步

不理会什么
高贵的蓝
和乡野风格的
现代
泥塑
灵性即空间
我等待
等待美丽的
虚无

在安静的小酒吧里
听夜色
倾听

远山在
淡淡的哀愁中

远山
在淡淡的哀愁中
沉没

留下的一丝残红
也相继
陨落

折叠起
海和天空的
蓝蓝的
气息

从梦中走出的
色调
重又回到
梦中

月光里有一种芬芳的气息

月光里有一种
芬芳的
气息

被折断的时候
有白色的浆汁
流出

触摸着神秘的
良宵的
面颊

深深地呼吸着
明天的
升起

我知道江水
在整夜
奔流

而窗外已是
流行的
冬季

威尼斯
沉落在
天空里

威尼斯沉落在
天空的
深蓝里

我已迷失了
你的
风色

有一张入场券
一直
荒芜着

皇园里已经是
萧瑟的
初冬

不要回头再看
因为天在
水里
而水却在
天上

给你一个微笑

因为

从不

相识

轻轻挥一挥手

成为

一道

风景

连绵起伏的
山脉

连绵起伏的

山脉

悲哀地

向前

延伸

直到我胸口的

那片

沉积的

灵感

有鼓声远去吗

中国时装的

流行趋势

正在

空空的

酒杯里

你说过
你会
茶道

轻轻用手指
梳理长发的
瞬间
还有每一个
远去的
影子

都在那壶
喝不完的
茶里

你说过
你会
茶道

你说过你会茶道

不要转过身来

不要转过身来
不要
我将留下的
是你
永远的
背影

锦缎镶边的笑容

锦缎镶边的
笑容
笼罩着
一片
红粉

许多景德镇
细瓷的
脸上
游动着
齐白石的
虾群

许多幽雅
都创下了
最高
纪录

枯黄已经成为
梦寐以求的
颜色

在绿屋顶的房子里

在绿屋顶的房子里
听庐山的
泉声

深深的夜
深深的暮色
群峰如一片
水墨

你在告诉我为什么呢
轻轻地挥手
藤编的座椅上
有一把黄色的
小梳子

整夜的泉声
都曾梳理过吗
还有那
不再回归的
离去
不再流逝的
岁月

在茶亭里
在山影里

我用心
品着
四季

品着
暴风
骤雨

品着
所有的所有的
匆匆的来
又匆匆的去

在茶亭里
在山影里

群山的前面还是群山

群山的前面

还是群山

保持着一首

歌的

水分

我一直跋涉在

一个梦里

背负着深重的

缥缈

红唇萌出在

高高的

枝头

宝马车里坐着

被删除的

回眸

我奇怪

我竟没有认出

明天前面的

那个影子

眼前的

很多道路

都在

拥堵

眼前的

很多道路

都通向

财富

道路

当我失去昨日

当我失去昨日
我才发现
我曾和它
肩并着肩

我的风景
在我
沉思的
底层

没有丁香雨的
滴落
没有红袖拂香的
古筝

而是在夜的
深深的
雪下

孤独的
遥远的
晚钟

灯火

灯火
一盏一盏地
盛开

灯火
又一盏一盏地
枯萎

你的声音里
是一个
多云的
天气

而邓丽君的歌
却在一杯
粉红里
发芽

也许什么都没有
钟声的泡沫
在啤酒杯里
溢出

那么多花样的岁月
已经流过
干涸的
谜底

琵琶在西风的弦上
点亮一抹
天涯的
微蓝

不肯退却的思绪
依旧在你
窗外的墙上
爬满

不要把剪刀打开

不要把剪刀
打开
前面是
一片
陨落

冬天的雨
在落着

在亮灯之前
等待着
我们不再等待的
一切

一个超载的故事

一个超载的
故事
在往事的废墟上
徘徊

咖啡已经冷了
夜色悠远
而又残存着
灯影
斑斑

一切都陷入
苍茫
只有那条干瘦的
路的深处

有几点亮着的
手机的
信息

昨天
已经沉淀在
镜子中间

昨天已经沉淀在
镜子
中间

三匹风驾驭的马车
驰下
楼梯

一个细胞笑着
在伊妹儿中
展示
美丽

新月在大楼的顶端
乍然一现
便消踪
匿迹

昨天已经沉淀在
镜子
中间

一层一层下去
坚硬的
时间
一直蜿蜒在
深深的
山谷

我能挽着谁
一起走过
那些有着
玄秘的
纹路的
石级

风在我的唇边
留下了
潮湿的
影子

我却一直找不着
挽着我的那只
忧郁的手

电话亭一直醒着

电话亭一直
醒着

残荷顶端的
残雪
残雪顶端的
残月
残月顶端的
残宵

在空空的铃声中
一一
荒弃

可是我一直呼唤着
呼唤着
在暗夜包裹中的
那个依旧
亮着的
颗粒

我的电话亭
一直
醒着

你站在电梯门口
回望
第五次的
离开

你曾问过
身边那个人
他是谁

目光重重地
沉落在
自己的
心里

一直等到
微笑挽着微笑
步出那扇
打开的门

冰的波浪

冰的波浪
流露出
大自然的
清新气息

从此不再有梦
不再有
梦的瑰丽

别忘了那一瞥
那一瞥已经
芳草萋萋

品牌建筑设计师
在那片面颊上
找到了
大片空地

嵌入情人的
格拉斯哥室外展览的
淡淡的
雾色的
墙壁

梨花开了吗
微笑的雪
在心上
结满

不知是春
还是冬的
美丽的
梦幻

路易威登的
男女时装
穿在
每一棵
树上

请昂起头
等着
等着我的
融化

不敢轻言岁月

不敢轻言岁月
因为它
过于
沉重

很多时候
总是沉沉地
回答自己
为什么要躲过
那片
美丽

为什么不再向前
步入魅力
而却
选择
放弃

不敢轻言岁月
不敢轻言岁月

荒原上
有光芒闪耀着

荒原上有光芒
闪耀着

坐下来
对着夕阳
沉思

遥望陌生
而又模糊的
雁影

让草叶上的残雪
慢慢
融化

身边落尽四季的
枝条
是不是正在恢复
那种
痛的
感觉

令人忘却的流逝

令人忘却的流逝
一直在
流逝着

我的脚踝旁
有一个世界
正在
苏醒

季节凋落了
可是往事
依旧

咖啡喝过之后
是一杯
清清的
感伤

敦煌沉香在宣德年的
铜香炉里
点燃

被点燃的时间
缥缈
无踪

请不要划动
我的
沉船

我已没有
泊下
的岸

敦煌沉香
在宣德年的
铜香炉里点燃

千万不要解释

千万不要解释
解释
就是
死亡

天空是银灰色的
深蓝色的
橘红色的
粮仓

只有暗淡的街道
接受
月色
抚爱

一路红灯
堵车也是一道
亮丽的
风景

那是一个最走红的
表情
一个完美无缺的
圆形的
衰老

有两条鱼在盘子里
已经等了
一个
世纪

冷眼旁的
浓墨重彩
却一直在海上
漂浮着

雪蜿蜒在天际

雪蜿蜒在天际

月下梨花如梦

枝头干枯的
诗句里
有一些
残冬的
美丽

我可能已离开
很久了
留在你手上的
辙痕
已经消融了吧

我知道你抚摸过
那些山中的
日子
那些雨
一直下着的
日子

呼吸着
那片
目光

那片
温柔的
四季

雪从来没有
这么美
当它融化在
我的
眼角

而雨
更悄悄地落着
染绿了又染红了
我枝头上的那些
茂密的
凋落

经过多次装修

经过多次装修
一切都
不再
动人

我们将永远失去
那个
没有灯火的
夜晚

和那些
无家可归的
美丽

所有的蜡烛
都点亮了

人生如画

我在一片
珠光宝气中

寻找
没有珠光宝气的

你

我寻找的
只是通宵的幻想

大货车开走了

迷雾

漫漫

你手里拿着一束花

一束银色的

沉默

把上衣扎在腰里

张开双臂

拥抱整个

苍茫

不要那样看着我

我寻找的

只是通宵的

幻想

微笑着突破微笑的重围

微笑着突破
微笑的
重围

我在微笑中
找到了你

几枝青青的
莲蓬
越过粉红
地带

往事在水底
波动着

波动着
模糊的
美丽

我们
走出了
迪斯科舞厅

我们走出了

迪斯科舞厅

永远地走出了

那个夜晚

蓝色的星星闪耀着

流行的瞩目里

落满

露水

诺基亚

已经

关上

没有月色的小巷

夜色格外

沉重

拥抱着奢华的冬季

你进入了

自己的

祈祷

乘坐那趟地铁

你总是乘坐
那趟
地铁

那趟在深夜
从我梦中
隆隆驶过的
地铁

灯影闪烁着
夜色
真的
很酷

遮住我双目的
永远是
米罗的
色彩

你总是乘坐
那趟
地铁

骆驼正在
越过沙漠

骆驼正在
越过
沙漠

所有的雪
都在肩上
融化

梦中的一切
都在
菜单上

请温柔地采摘
周围的
星星

街道赤裸着
楼声
晦暗

捧起满捧夜色
感觉一下
梦的
深浅

交织着的
线条和色彩
在第五个季节里
不要
轻易
错过

那即将吻别的
幽深
已在长椅上
沉落

阳光是多么美丽

阳光是多么美丽
当它轻抚
整个世界
和这个世界上的
你

光滴漏着
是早晨的
早晨

救护车装满
离愁
别绪

驶过
灰色的
山地

我们皱起眉
抚摸着
过去

到处都有
上楼梯的声音

到处都有
上楼梯的
声音

鸟鸣声
越来
越远

可以和你
喝一
杯吗

在火车
远去的
瞬间

我给你一把
钥匙
一把忧伤的
钥匙

没有风的时候
围巾并不
重要

我常梦见月光下
我肩上的
那些
日记

你可以用钥匙
打开
一只古老的
沉船的
残骸

灯箱的长廊下

灯箱的
长廊下
只有几个
钟声的
影子

车站空空的
换乘者
早已
离去

户外广告
彻夜
艳丽

缤纷凋落的
是放飞者的
深度的
期待

我在雪中等待绿灯

雪落着
一片一片地
我在雪中
等待绿灯

融去又重新
垂落的等待
在灯火中
踱步

一辆车子
开了过去
又一辆车子
开了过去

我面前的红灯
却一直亮着

雪落着
雪照样
静静地
落着

时下时停的雨

时下时停的雨
在荷叶上
留下一颗一颗
透明的
悄语

用石块砌成的
房子
仍然以它的
多种颜色
期待着
已经融化的
雪夜

雪花悠悠飘落

雪花悠悠

飘落

艳惊

四座

一切都应该

拥有

一切都必须

放弃

白色的架子上

放满DVD

碟片

几根青铜色的

莲蓬

插在

枯萎的

风里

雪花悠悠

飘落

融化着

继续着

初雪 你温柔的

你温柔的
初雪
在冬天的
衣橱里
放着

情节动人的
红酒
洒落在风的
小枝上

浓浓的北方的
故事
在雪上留下了
脚印

车门已经关上了
是昨日
在驾座上
等候

春花秋月
全都
凋尽

只剩下
尊严的
冬季

纵横沟壑
架构的
素颜

只有柔雪的
爱抚

在坚固
崇高和
静穆中

你会觉得
你就在
乞力马扎罗
富士山和
珠穆朗玛的
近侧

绿色和黑色的感觉

绿色和黑色的
感觉
在透光石台灯的
映照下
耕耘着
午夜的
钟声

窗外的雪
没有
声音
在透明和不透明中
温柔地
垂落

斟满的茶在杯子里
逐渐
凝固
深深的迷惘中
仍有一行
即将被雪掩住的
模糊的
隽永

素素的米黄色
简洁的直线
所有的地方
都有月光走过

被风吹皱的感觉
在曾经坐过的
石凳上

我记得那辆电车
开走时
夕照曾依依
追随

没有照片
草原是不是依旧
依旧碧绿

气象预报总是在
一次又一次的岁月里
重复着
风雪

穿靴子的风

穿靴子的风
轻轻踩过
我的
小街

雪落着
脚印下的灯光
被渐渐
填平

我不应该而又
应该
我应该而又
不应该

飘在眼角的雪
将在记忆里
悲哀地
干涸

只要有雪
和雨
我就是
一个
富翁

只要有雪和雨

冬季

冬季
即将
从残雪斑斑的
枝头
坠落

衬衣
已染上
疯狂的
粉红

雪落着
轻轻
慢慢

我不能给你打电话
已经很晚

可是暮色中有一个
空着的座位
雪迹斑斑

此时此刻
只有那盏路灯的光
伏在我从雪花中
露出的那个
肩际的岸畔

相视无语
把我身边的
那个空着的座位
抢占

雪落着
轻轻
慢慢

没有雪的天空

没有雪的天空
正在
成熟

站在我对面的
是我的恋人
美丽的
孤独

挽着我的手
我想把头
靠在你的肩上
让岁月
平静地
喘息

没有雪的天空
正在
成熟

一些陌生的
领域
冰层正在
融化

拉住我的手
小心

一根
二胡的弦

一根二胡的弦
穿过了
整个
冬季

蓝蓝的深深的
沉默
在梦幻的
原野上
闪烁

而远处的背景
却是深灰色的
节奏
平缓地
期待

一根二胡的弦
穿过了
整个
冬季

虽然没有太阳
但夜色很温柔
深深的
蓝蓝的
夜色

你不要弹奏我
我的声音
很悲哀

因为我必须放弃
放弃我的
所有

如果风还在身边
如果云还在身边
如果还是
那个
时候

虽然没有太阳
但夜色很温柔
深深的
蓝蓝的
夜色

是谁的那片荒寂

是谁的那片
荒寂
在夕阳的波涛上
游弋

一条冰河
一道冷峻的
美丽

一片镂刻着
岁月花纹的
断墙
残壁

笑声摇晃着走向夜晚

笑声摇晃着
走向
夜晚

静静的雪
落进一个
故事的
梗概

雪静静地落着
笑声永远不会
不会
融化

只有那声再见
将被越来越厚的雪
深深
掩埋

无边落木

无边落木
飘落不尽
故土的
影子

淡墨
在正月的
锣声中
浸润

翻过了冬季
长长夜晚的
那些拓满白字的
碑帖

是一片
结满枝条的
粉色的
骚动

我的双手
曾经被露水
洗过

芳香的春天的
云朵
在河流的天空里
凝结

湿漉漉的
梦境上
有几片绿色的
感伤

不再有孤独
小雪纷纷
扬扬

那些谜一样的微笑
已在昨天的夜色下
储藏

在梦的边沿

在梦的边沿
有深夜的
脚步声

走在我
有关江南的
诗句上

裹着丝绸的
思绪
在冬的暗影里
伫立

一个古老的陶罐里
盛满了
雷雨的
轰鸣

请向夜心伸出手
捧回那些
脚步声里的
洁白

没有玫瑰的夜晚
春风不知
向何处
吹拂

画廊里陈列着
白颜色的
箫声

门却已经
紧紧地
锁住

只有藤蔓
还一直攀援在
那片已经荒芜的
梦境上

没有玫瑰的夜晚
春风不知
向何处
吹拂

那是
留给我的雪

那是留给我的雪

那远山上

斑斑的

炫目的

熄灭

多少次地自天而下

都没有被我的

双手

接住

我听见满载货物的

卡车

正从我的

梦痕上

轧过

可是我却仍然

期待着

另一些

下雪的

日子

我呼吸着
月光

呼吸着
涩涩的
湿润的
韵律

已经不再
有梦
凝结于雪的
书卷

微风里
飘落着
所有的
花香

深夜里
有烟一般的
苍茫地
逝去

冰盆里的水仙开了

冰盆里的水仙

开了

把那粒纽扣

扣紧

别让赤裸的

时间的

磁性

依附着这

二月的

幽魂

风擦过

我的故事

在一杯绿茶里

沉淀

二月是迷惘的

月份

冰冷的

却又在

开着

我梦想着风
吹拂我
垂落的
忧郁

月亮飘动着
雪落满了
粉红

莫非我正看到
昨天的昨天的
昨天

你以浓浓的
太阳的
萧瑟

点下的那个
炫目的
逗点

倾诉

为什么还像
昨天那样
任凭
笑容
荒芜

为什么还让
秀出的穗子
弯下来
成熟

常青藤
虽然落尽叶子
却呈现出它的
萧疏
之美

墙却在雪里
等待着
另一场
梅雨

不要吹皱
不要吹皱
我心中的
一池
春水

这里不再有
水波
潋滟

我要保留着我
仅剩的
那片
明澈

映出我的
模糊的
远山

你的生日
是在夏天吗

你的生日是在夏天吗
那个日子是不是
在水和莲花的
清清的
影子里

电话的那一端
永远是
一片
云海

把酒杯斟满
云雾
斟满开放和凋零

出租车绕过
整个冬天
却绕不过
春蚕的
蠕动

你的生日是在夏天吗

我怀念那些
只有浅绿
没有粉红的
日子

钟声不再
深夜
入梦

找不到电话号码
我无法拨通
时尚

不知明天多云
还是
小雨
加雪

我怀念那些只有浅绿的日子

地铁已经远去

地铁已经远去
只留下
灯影疏疏的
月台

一转眼什么都不见了
才知道冬天
也会令人
颠倒

为什么隔着很远很远

就能看到

你在雪中的

影子

春装已经入橱

可你依然

春色

在未来的

六十个日日夜夜里

不知是

雪融化了你呢

还是你

融化了雪

我有我的赭红

我有我的赭红

我有我的土黄

我有我的藏蓝的

那种

真实

因而在突击顶峰的

时候

能够享有

一步一场暴风雪的

那种

美丽

我来选择
飘动的你

背后的那座
雪山
正有飞鸟
越过

美丽的陌生的
苍远
只有冬季
才有

用潜意识的干墨
画出绝壁的
渴望

从感性的灰色中间
去寻找
那个
独钟

我来选择
飘动的你

雪落在发梢上

雪落在发梢上
悄悄地
悄悄地
融化

天资
无比

从颜色深深的
原野上
走过

我自己就是
我自己的
旗舰

自己治疗自己

用雨

用雪

用月色和

淙淙的

流泉

用云

用风

还有深山古刹的

沉沉

晚钟

我在老地方等你

我在老地方等你
　枝上花又开
我在老地方等你
　伞上雨还在

我在老地方等你
　秋叶已落尽
我在老地方等你
　雪花又满阶

我在老地方等你
　我在
　老地方
　等你

远处
深秋转过身来
微微笑着
挥一挥手

蜡烛已经点亮
请打开窗子
等待远山的
雪色

等待黄包车上
那轮
身着红色羽绒服的
昏昏欲睡的
落日

远处
深秋转过身来
微微笑着
挥一挥手

温柔的雪

温柔的雪
轻抚着我
沉沉的
两肩

满树结着
柠檬色黄昏的
影子

用透明的
玻璃杯
盛起这个
时刻

盛起涩涩的
但却开始点亮的
灯火

温柔的雪

温柔的雪

山峰不再
覆盖着
白雪

没有谁能抗拒
春的
阵痛

必胜客
靠窗的座位
坐满了人

不要迈步
越过陌生的
残阳

山峰不再覆盖着白雪

杯子 举起

举起杯子
我们来
小赌
一下

谁是
今晚的
初雪

老黄色的远山
被环状的
土地
包围

荒芜和干涸的
是柏拉图的
学说

太阳是紫色的
镜子
神殿已沉入
海底

举起杯子
举起杯子

书架上堆着
一涯
残梦

水流过的地方
已无处
寻找

玻璃不断地
被打碎
又被
重塑

当你转过身时
你希望你身后
坐着的
是谁

古都的影子
是琥珀色的

古都的影子
是琥珀色的

是琥珀色的
箫音
溢满残冬的
晴雪

也许在雪的
深处
我会找回那些
脚印

和那些与众不同的
风雨的
颜色

是一个有雾的
日子
飞机进入
云层

艳影在山谷里
模糊地
回响
留下令人难忘的
初冬

我喜欢见你
走在
雪上
可是雪
迟迟
未到

在下一个世纪的
大雾下面
还有那只
孤鸟

不要踏街道上的那些雪

不要踏街道上的
那些雪

它覆盖着嘈杂的
欲望

许多新面孔
聚集在宫殿的
门前

可能你想到夏天去展示
碧绿的
饱满

可能你想去有点熟悉的
一本书也看不到的
书店

因而你不要踏
街道上的
那些雪

像一个轰轰烈烈的
爱情故事
秋已凋尽

树梢上已找不到
一片艳迹
一点红粉

一个冬的首发式
正展现出前所未有的
裸露

时髦的简约使月光具有
更加妩媚的
魅力

像一只在洁白的餐桌上
等待的
酒杯

冬已在
擦落的唇彩上
淡出

像一个轰轰烈烈的爱情故事

柔软的卡迪拉克

柔软的卡迪拉克
出没在那些
尚未被采摘的
年代

成熟的黑色的
倾听中
我看到你眼睛里的
那个
芳香的
亮点

我们等待着雪
等待着
那片
空山

请加固那片
云样的
微笑

让我再仔细地读一遍
那杯
淡蓝

那是一杯
谜一样的
雪景吗

请不要匆匆切开
那只
柠檬

高原的广阔
和肃穆

高原的广阔和

肃穆

已悄悄

移向

面部

不再消融的雪

在峭壁上灿烂地

闪耀着

只有永不结冰的

箫音

依然在

月下

奔流

候鸟们都走了

它们播下的啼鸣
留在那片
结冰的
感觉里

候鸟们都走了

在空谷中入睡

在空谷中入睡

收下的

全是

泉声

面前有许许多多的人走过
我有幸欣赏他们的背影

永远走在前面
永远使人无法一览无余
这就是背影的
魅力

背影留下的
是一种超越微笑的微笑
是一种超越妩媚的妩媚
是一种超越美丽的
美丽

在人生的历史长河中
只留下一个
背影吧

因为背影才是
最难忘的

背影

梦中的夜色

那个面孔绿绿的
城市
夜色也是
绿绿的

谁说风不会
吹到这里
有一千条垂柳
正在
等着

感觉到寂寞的
预约
在那片灯火的
烟水里

而心际那串驼铃
却在案头
回荡

一百年过去了
我们还活着

我们还在
流泪
我们还在
倾诉

一百年过去了
我们还活着

我们还在
静坐
我们还在
祈祷

小佛 佛香阁墙上的

古都晚宴

夜色是美丽的
因为有
盛装的
古都

夜色是美丽的
因为有
盛装的
春梦

翻过所有的灯火
近距离地
远远
看着

迎面走来的
是那些优先订座的
美丽

天上的月亮
永远是缺的
水中的月亮
永远是圆的

这就是徽州
那个男人们
一去不归的地方
女人们
悲凄的
富有

徽州的月亮

含苞的梦

在任何时候
在任何地方
你都会看到
粉红
和绿

那是我们
含苞的梦
在等待
开放的
日子

过去的梦
是今天的
这片
灿烂

现在的梦
是过去的
那种
美丽

过去的梦和现在的梦

黎明

黎明悄悄地
　　悄悄地
　　悄悄地
　　到来了

　　那些光
　　很美
　　那些模糊
　　很美
　　那些朦胧
　　很美

那些没有色彩的色彩
　　很美
那些没有声音的声音
　　很美
那些没有停止的停止
　　很美

　　黎明悄悄地
　　悄悄地
　　悄悄地
　　悄悄地

似水流年

在我们身边
一直不停地流着的
那是
岁月

你能感觉到它吗
在所有的时候
在所有的
时候

留下一些带圆圈的
回忆
留下一些带弧线的
回忆

留下转瞬即逝的
一切的
一切

在我们身边
一直在不停地流着的
那是
岁月

没长叶子的树

把所有的枝条
都伸向未来
探索
春的
信息

在路上

背后
黄尘迷蒙
肩上
有命运的
交托

我已告别那些
阳光灿烂的
日子

和你一起
去领略
高山上残雪的
美丽

空间

任何时候
也没有
现在

任何时候
也没有
现在
这样

我们的空间里
布满了
建筑架

我们心灵的
空间里
也布满了
建筑架

那些月光还在吗

还有那些

微风

一切都流水般

远去

只留下

岁月的

倒影

难忘的晚餐

空山听雪

在没有灿烂的
时刻
你才能听到
空山的雪
那万籁俱寂中的
声声
隐语

笛声里有一条路
通向
橘色的
黄昏

荒野里开放着的
飘落的
日子
正被紫色的山影
渐渐
覆盖

还需要到远方去吗
这一片贫瘠下面
就蕴藏着
最可贵的
富有

笛
声

夜影里浮现出的

朦胧的轮廓

要不要喝点什么

回到派对上

去呢

今晚你真美

你也是

图书在版编目（CIP）数据

瓷月亮．冬／严阵著．-- 北京：作家出版社，2022.10
ISBN 978-7-5212-1707-0

Ⅰ．①瓷… Ⅱ．①严… Ⅲ．①诗集 - 中国 - 当代
Ⅳ．①I227

中国版本图书馆CIP数据核字（2021）第265841号

瓷月亮·冬

作　　者：	严　阵
责任编辑：	杨兵兵
装帧设计：	奇文雲海 Chival IDEA
出版发行：	作家出版社有限公司
社　　址：	北京农展馆南里10号　　　邮　编：100125
电话传真：	86-10-65067186（发行中心及邮购部）
	86-10-65004079（总编室）

E-mail:zuojia@zuojia.net.cn
http://www.zuojiachubanshe.com

印　　刷：	北京盛通印刷股份有限公司
成品尺寸：	120×185
字　　数：	83千
印　　张：	4.625
版　　次：	2022年10月第1版
印　　次：	2022年10月第1次印刷
ISBN	978-7-5212-1707-0
定　　价：	128.00元（全四册）